로크미디어가
유혹하는
재미있는 세상
ROK MEDIA
로크미디어

이것이 삶이다

이것이 법이다 19

2017년 2월 1일 초판 1쇄 인쇄
2017년 2월 6일 초판 1쇄 발행

지은이 자카예프
발행인 이종주

기획 팀 이기헌 송윤성 왕소현
책임 편집 최전경

발행처 (주)로크미디어
출판등록 2003년 3월 24일
주소 서울시 마포구 성암로 330 DMC첨단산업센터 3층 314호
Tel (02)3273-5135 **Fax** (02)3273-5134
홈페이지 rokmedia.com **E-mail** rokmedia@empas.com

값 8,000원

ISBN 979-11-6048-010-8 (19권)
ISBN 979-11-255-9575-5 04810 (세트)

자카예프 장편소설

CONTENTS

남자가 무슨 용가리 통뼈냐? 7

상대가 킹콩이라도 할 싸움은 한다 43

일하기 싫으면 말하지 그랬어 71

몸은 생각보다 비싸다 111

칼로 흥한 자, 칼로 망한다 147

싸가지는 없는데 이유는 있네 191

변호사와 사기꾼은 한 끝 차이다 239

책임은 피할 수 없다 283

남자가 무슨 용가리 통뼈냐?

"으악!"

흔들리는 배. 그 안에서 남자는 일어나려다가 다시 날아온 발길질에 바닥을 나뒹굴었다.

"이 새끼야! 똑바로 안 해?"

"으으으."

"이 씹 새끼, 제대로 일도 안 하고."

남자의 온몸은 멍으로 가득했고 사지는 부들부들 떨렸다.

"아오, 씨발 새끼. 제대로 일도 못하고, 퉤!"

거친 표정의 남자는 그를 향해서 침을 뱉고는 바로 몸을 돌려서 자신의 배로 넘어갔다.

"으으……."

남자는 비비적거리면서 자리에서 일어났다. 그리고 구석으로 몸을 숨겼다.

"망할 새끼, 조또 일도 못하고."

"그렇게 말입니다."

"그러니까 좀 괜찮은 놈으로 하자니까."

"멀쩡해 보였죠."

배에 남은 두 명은 툴툴거리면서 그들의 있는 선실의 문을 잠가 버리고는 다시 안으로 들어갔고, 이윽고 퉁퉁거리면서 저 멀리 배가 떠나는 소리가 들려왔다.

그렇게 밤이 늦어지고 모두가 잠이 들었을 때쯤 부스스 일어나는 남자들. 그들은 선실에 갇혀서 피골이 상접한 얼굴로 서로를 바라보았다.

"진짜로 할 거야?"

"할 거야. 이렇게는 못살아."

그들은 얼마 전만 해도 멀쩡한 사람들이었다. 하지만 지금은 이 큰 바다에 떠 있는 '멍텅구리 배'에서 강제로 새우를 잡는 노예 신세였다.

'멍텅구리 배'란 자체적으로 움직이지 못하는 동력이 없는 배를 뜻한다. 이런 배는 바다에 나오면 계속 물고기를 잡으면서 살아간다. 그리고 사흘에 한 번씩 식량과 물을 주고 물고기를 가지러 어부 아닌 어부들이 온다.

"오늘 갔으니까 사흘 후에 올 거야. 너희들도 이렇게 살고 싫어?"

"하지만……."

그들은 침을 꿀꺽 삼켰다.

이렇게 살고 싶지 않았다. 잡혀 와서 강제 노동을 하는 것도 서러워 죽겠는데, 자신들의 정신을 황폐하게 만들려고 매일같이 계속되는 구타는 말 그대로 사람을 피폐하게 만들고 있었다.

"난 이렇게는 못살아."

아까 전 두들겨 맞던 남자의 눈빛이 살아났다.

'내가 누군데.'

그는 여기에 잡혀 오기 전에 진짜 바닥에서 박박 기었다. 그래서 겉으로는 완전히 포기한 듯 굴었지만 몰래 다른 선원들의 시선을 피해서 탈출할 준비를 하고 있었다.

"그래…… 어차피 죽는 거……."

동료들도 그런 그의 모습에 감명받은 건지 그냥 포기한 건지는 모르겠지만 그래도 같은 마음으로 뭉칠 수 있었다.

"이 정도면 충분히 도망칠 수 있겠지?"

"아마도."

그들이 이불을 들추고 꺼낸 것은 스티로폼을 그물로 얼기설기 뭉쳐 둔 일종의 튜브 비슷한 것이었다.

바다에서 가장 흔한 쓰레기가 바로 스티로폼이다. 그리고 끊어져서 못 쓰게 된 그물도 적지 않게 걸린다. 그들은 그걸 몰래 조금씩 모아서 이렇게 부유물을 만든 것이다.

"죽더라도 같이 죽어요, 형."

100일 휴가를 나왔다가 잡혀 왔다고 한 아이는 결심을 굳힌 듯했다. 친구들과 술 한잔하러 나왔는데 그 친구들이 자신을 팔아먹을 거라고 누가 예상이나 했겠는가?

"그래, 같이 죽자."

어차피 이렇게 사는 거, 죽든 살든 목숨을 걸고 탈출하기로 했다.

"그나마 저 녀석들이 여기에 안 들어와서 다행이지."

이 안은 말 그대로 엄청나게 냄새가 난다. 도망갈까 봐 땅 위로 올라가지 못하니 당연히 씻지도 못한다. 거기에다 생선 비린내와 땀이 어우러져서 도무지 살 수 있는 공간이 못된다. 그래서 저 녀석들이 아래로 내려오지 않은 덕분에 이런 것들 숨겨 둘 수 있었다.

"오늘 합시다."

"네."

준비를 다 끝낸 남자는 고개를 끄덕거리면서 구석에 있던 작은 철사를 꺼내 들었다. 그러고는 문으로 다가가서 옷 조각으로 막아 둔 작은 구멍으로 밀어 넣기 시작했다. 젓가락으로 쑤셔서 뚫어 둔 구멍이었다.

그들은 문을 잠그지 않는다. 그저 걸쇠만 걸어 둔다. 그래도 열지 못한다는 걸 알기 때문이다.

'조금만 더…….'

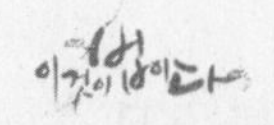

그걸 알기에 남자는 수십 번 수백 번 연습하면서 기회만 노려 왔다. 다행히 뚫려 있는 구멍을 그들은 보지 못했다. 사실 봤다고 한들 의심하지 않았을 것이다. 워낙 오래된 멍텅구리 배인지라 여기저기 구멍 난 건 흔한 일이니까.

"으으으."

남자는 침이 바짝바짝 말랐다. 만일 이때 저 녀석들이 일어나면 모든 것이 엉망이 된다.

'일어나지는 않겠지만.'

오랫동안 감시당하면서 저들의 행동은 알 수 있었다. 저들은 사흘에 한 번 먹을 걸 가져올 때면 자기들이 먹을 술과 안주도 함께 가지고 오기에 그날이면 그걸 먹고 진탕 취해서 잠들어 버린다. 그래서 오늘을 디데이로 잡은 것이다.

철컥.

뭔가가 걸리는 소리. 그 소리에 그 안에 있던 네 사람은 심장이 덜컥했다. 마치 그 소리가 엄청나게 커서 주변에 다 울리는 느낌이었다.

"걸렸습니다."

남자는 걸린 사실을 확인하고는 천천히 당기기 시작했다. 그러자 '끼기긱' 하는 소리와 함께 녹슨 걸쇠가 당겨 올라갔다.

"열렸다……."

드디어 열리는 문. 그리고 그 너머에서 느껴지는 짠 바다의 향기. 매일같이 맡는 냄새지만 오늘은 두려움이 아닌 자유의 느낌이 났다.

"갑시다."

조용히 바깥으로 나가는 사람들.

그들은 배의 난간에 매달려서 물로 뛰어들었다.

풍덩.

연이어 들리는 물에 빠지는 소리. 하지만 술에 취한 감시자들은 나올 생각이 없어 보였다.

"움직입시다."

"하지만 어디로요?"

대충 만든 부유물을 잡은 사람들은 주변을 둘러보았다. 아무리 보아도 그저 망망대해뿐, 보이는 것은 아무것도 없었다.

"보통 배들이 저쪽으로 갔죠?"

그들이 본 방향은 아무것도 없는 망망대해.

"네."

하지만 짐을 내린 배들은 언제나 저쪽으로 향했다. 그렇다면 방향은 결정된 셈이었다.

"갑시다."

그들은 찰방거리면서 있는 힘껏 다리를 흔들기 시작했다.

"와!"

"바다다!"

넓은 해수욕장.

가을이라서 그런지 사람들은 별로 없었지만 일에 찌든 사람들의 마음을 시원하게 해 주기에는 충분한 느낌이었다.

"좋네요."

노형진은 미소를 지으면서 송정한을 바라보았다.

"이럴 줄 알았으면 해외로 잡을 걸 그랬습니다."

"뭐, 그러면 좋지. 다만 일이 많아서 말이지. 하하하."

"그러게요."

한 기업에는 그 기업의 중심이 될 만한 사업이 있기 마련이다. 한국에서는 건설과 유통, 전자가 그런 역할을 한다.

노형진의 작전 덕분에 성화의 중심이라 할 수 있는 성화전자에 파고든 대룡의 유민택 회장은 감사의 의미로 새론에게 여행 비용 전부를 내주겠다고 제안했고, 그 결과 새론의 식구들은 모두 여행을 올 수 있었다.

'이거참.'

노형진을 잡을 수 없으니 주변을 잡아 놔서 그가 움직이지 못하게 하겠다는 뻔히 보이는 전략이었지만, 노형진은 그저 웃으면서 받아들였다. 딱히 손해 보는 건 아니니까.

"으아아아!"

"좋네."

"여름! 비키니!"

"지금 가을이거든?"

"내년에는 여름에 옵시다!"

"짐승들. 비키니 타령이나 하고 말이야……."

"내 초콜릿 복근을 보면 되잖아."

"초콜릿? 그 초콜릿은 어디 무슨 덩어리로 나오냐? 초콜릿 먹고 뽈록 나온 거?"

그 말에 깔깔 웃는 사람들.

서로 이런저런 농담을 하면서 가을 바다에 여유로움을 즐기고 있었다. 노형진 역시 즐거운 마음으로 그들을 바라보았다.

"이 분위기는 좋네요."

"그렇지."

회식이라고 하면 무조건 술 마시고 노는 것을 생각하는 게 현실이지만 새론에는 그런 문화는 없다. 참가하고 싶은 사람은 참가하고, 참가하고 싶지 않은 사람은 안 하는 거다.

술 자체도 그다지 많이 사지 않았다. 말 그대로 여유를 느끼기 위해 온 것이다.

"가을 바다라."

눈을 감고 싱그러운 바다 향기를 느끼면서 오랜만에 여유를 즐기는 노형진이었다.

그 순간 그의 귀를 뚫고 지나가는 날카로운 비명 소리.

"꺄아악!"

"뭐야?"

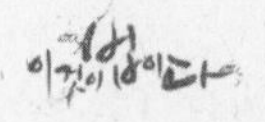

"어디야?"

갑작스러운 비명에 사람들은 다급해졌다.

"저쪽이에요!"

먼저 앞서간 여직원들이 있는 쪽에서 들려온 비명이었다. 그들은 작은 바위 너머로 먼저 뛰어갔다.

"무슨 일입니까!"

후다닥 뛰어가는 사람들.

바위 너머로 간 그들의 눈에 철썩거리는 해변에 나란히 누워 있는 세 사람의 모습이 보였다. 그들은 서로를 끈으로 묶은 채로 나란히 바다에 누워 있었다.

"이런."

노형진은 그걸 보고 순간 흠칫했다. 딱 봐도 좋아 보이지는 않았다.

"일단은 여직원들을 뒤로 보내고 구급차 불러요."

송정한이 가장 먼저 정신을 차리고 직원들을 수습하는 사이 노형진은 그들에게 다가가서 맥을 짚었다.

"어떤가?"

"두 명은 살았습니다만……."

한 명은 이미 숨이 끊어진 상태였다.

"도대체 왜……."

그들의 모습은 허름하다 못해 처참할 정도였다. 다 찢어지고 색이 바랜 옷 그리고 축 늘어진 몸과 제대로 정돈되지 않은 머리카락까지.

"이 사람들은 누구죠? 밀입국자인가요?"

일단 생각난 건 밀입국자였다.

하지만 노형진은 잠시 생각하다가 고개를 흔들었다.

"그건 아닐 것 같습니다. 밀입국자라면 이런 모습일 리 없지요."

이쪽으로 밀입국한다고 하면 중국 쪽일 것이다. 하지만 아무리 중국이 못살아도 저 정도는 아니다.

"더군다나 머리를 보세요. 제대로 자른 게 아닙니다. 그냥 대충 가위로 잘라 낸 거예요. 중국이라고 해도 저 정도는 아닙니다."

노형진의 말에 사람들은 어느 정도 수긍했는지 고개를 끄덕거렸다.

"그런 말은 그만하고 이제 먼저 끌어내세."

"그러지요. 일단 불을 피울 수 있는 것을 좀 구해야겠네요."

노형진과 몇몇 젊은 남자들이 그들을 물속에서 꺼냈고 다른 몇몇은 주변의 나무를 모아서 불을 피웠다. 오랜 시간 물속에 있었으니 저체온증이 걱정되었다.

"이거참……."

송정한은 얼굴을 찌푸렸다. 기분 좋게 놀러 온 상황이라 무슨 일이 벌어진 건지 이해할 수가 없었다.

"일단은 병원으로 데리고 가지. 남 변호사, 다른 직원들을 데리고 숙소로 가 주게나."

"네."

송정한은 직원들을 돌려보내고 병원으로 향하기로 했다.

⚖

"아직은 기절한 상태입니다. 저체온증으로 인해서 상황이 안 좋습니다만."

의사는 노형진과 송정한에게 상황을 설명하기 시작했다.

"다행히 기절한 것 말고는 없습니다. 하지만 전반적으로 몸 상태가 좋지 않습니다. 영양실조도 있고 구타의 흔적도 많습니다. 저 사람들, 대체 뭡니까?"

"글쎄요."

난데없이 해변으로 밀려온 사람들이다. 그런데 영양실조에 구타의 흔적까지 있다니.

"일단은 치료하고 있습니다만 언제 일어날지는 모르겠습니다."

"그런가요?"

"네, 두 분 다 너무 지친 상태여서요."

"다른 한 분은요?"

"저체온증으로 사망하신 상태입니다."

체력이 떨어진 상황에서 가을의 차가운 바다에 빠졌다면

죽는 게 당연하다. 도리어 살아남은 두 사람은 운이 좋은 편이었다. 젊다는 것이 도움이 된 것이다.

“그나저나 두 분 다 한국분인 것 같더군요.”

“네?”

“두 분 다 이를 치료한 흔적이 나왔습니다. 그런데 중국에서는 그런 식으로 치료하는 곳은 일부 대도시뿐이거든요. 물론 중국인들이라고 해서 저런 치료를 받지 못한다는 법은 없지만 한국에서는 흔한 치료법인 데에 비해 아직 중국에서는 고가이니까요.”

“그럼?”

“네, 두 분 다 이를 치료한 흔적을 봐서는 한국인일 가능성이 높습니다.”

“도대체 무슨 일이 벌어진 겁니까?”

“글쎄요……. 아마도…….”

의사가 뭔가 말하려는 순간이었다. 뒤쪽에서 웅성웅성하는 소리가 들리더니 여섯 명쯤 되는 사람들이 병실 안으로 들어왔다.

“누구신지요?”

“아, 우리 직장 동료가 여기에 있다는 소식을 들어서요.”

“직장 동료요?”

“네.”

노형진은 그 남자를 바라보았다.

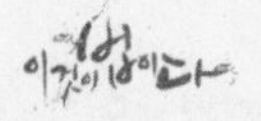

발견된 사람과 다르게 멀쩡한 듯한 모습이었다. 하지만 직장 동료라고 하기에는 뭔가 이상했다. 짧은 머리에 과도하게 발달된 근육 그리고 살벌한 분위기까지.

'직장 동료가 아닌데?'

만일 직장 동료라면 사람이 저 지경이 되도록 둘 리 없다.

"우리 동료를 구해 주셨다면서요? 감사합니다. 조업하다가 물에 빠져서요."

그들은 마치 익숙한 일인 듯 이야기했지만 노형진이 보기에는 말도 안 되는 소리였다.

'조업? 그럼 어부라는 건데 지금 자신들이 어부라고 하는 거야?'

사람들은 일을 하다 보면 그 나름의 분위기를 가지기 마련이다. 가령 어부의 대표적인 이미지는 구릿빛의 피부와 많은 주름, 근육 정도일 것이다.

'그런데 네가 어부라고?'

그런데 상대방은 그런 게 전혀 없었다. 피부도 뽀얀 것이, 진짜로 바다에서 일한다면 그런 색이 나올 수가 없다.

바다에서는 직사광선이 바로 내리쬐는 데다가 물에 반사되어 다시 올라오기 때문에 어쩔 수 없이 피부가 시커멓게 타고 또 주름이 지기 마련이다. 당연히 선크림으로 막을 수 있는 수준이 아니다.

더군다나 계속 바닷물을 뒤집어쓰는데 선크림이 효과가

있겠는가?

"네, 우리 동료들을 구해 주셔서 감사합니다. 이제는 우리가 알아서 하겠습니다."

그들의 말에 송정한은 슬쩍 노형진에게 다가갔다.

"노 변호사, 이상하지?"

"네, 이상하군요."

한 명이 죽었다. 그런데 저들은 그 이야기는 전혀 하지 않고 있다. 애초에 동료라면 그럴 수는 없다.

"일단 우리가 알아서 하겠습니다."

남자는 재차 나서서 말을 꺼냈다. 그런데 말이 부탁이지, 거의 강압적으로 쫓아내려고 하는 것 같았다.

노형진이 뭐라고 하려는 찰나였다.

"막아 주십시오."

노형진의 뒤로 다가온 의사의 나지막한 목소리.

노형진은 직감적으로 뭔가 있다는 생각이 들었다. 저들의 행동도 그렇고 의사의 행동도 뭔가 이상했다.

"잠시만요."

"뭡니까?"

노형진을 밀어 내려고 한 그들은 멈칫했다.

"그 직장이 어딘가요?"

"네?"

"직장 말입니다. 같이 일하시는 분이라면 회사가 있을 테고 어선에서 일하는 분이라면 배의 이름이라도 있을 거 아닙니까?"

"그거야……."

"그리고 어선에서 일하는 분들치고는 좀 이상한데, 신분증 좀 볼 수 있을까요?"

앞으로 나선 남자는 얼굴을 찌푸렸다.

"네가 뭔데 감 놔라 배 놔라야!"

결국 힘으로 해결하려는 듯 노형진의 어깨를 잡고 끌어내려고 하는 남자들.

"뭡니까!"

"아, 말 진짜 많네. 우리가 알아서 할 테니까 가라고."

"경찰 부르겠습니까?"

"부르려면 부르든가."

마구잡이식으로 밀어붙이는 남자들. 결국 보다 못한 의사까지 나서서 그들을 막았다.

"그만두세요. 여기는 병실입니다."

"누가 몰라? 우리 애들을 우리가 퇴원시키겠다는데 무슨 말이 그렇게 많아?"

"퇴원요?"

의사는 깜짝 놀랐다. 지금 퇴원시킬 수 있는 상황이 아니다. 극심한 영양실조와 체력 저하로 인해서 퇴원하면 위험해질 수도 있는 상황.

"누구 마음대로요!"

"우리 마음대로라고. 보호자가 퇴원시키겠다는데 무슨 불만이 그렇게 많아?"

"보호자라는 증거도 없잖습니까!"

"재직 증명서 가지고 오면 되잖아!"

"아니, 그게 말이나 됩니까?"

재직 증명서야 어디서 만들면 그만인 서류다. 그런데 그걸 가지고 오겠다니.

"아, 진짜 말 많네."

"경비! 경비!"

결국 경비원을 부르는 의사.

경비원은 급하게 와서 그들을 뜯어말리려고 했지만 수적으로도, 질적으로도 그들에게 상대가 되지 않았다.

"씨발, 뭐야! 장난해? 보호자가 퇴원시키겠다는데 병원이 막는 경우가 어디 있어!"

소리를 버럭 지르는 사람들.

노형진은 그들을 보고 그냥 보내면 안 된다는 사실을 직감적으로 알아차렸다.

"경찰 불러요!"

"그래! 불러! 경찰 불러!"

소란이 계속되자 결국 경찰까지 부르는 사람들.

하지만 경찰은 정작 그들의 편을 들어 줬다.

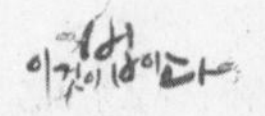

"거참, 보호자가 퇴원시키겠다는데 병원이 막으면 안 되죠."

"네? 하지만 저들은 몸 상태가 정상이 아니란 말입니다."

"다른 병원으로 가려고 하나 보죠."

대수롭지 않게 이야기하는 그들을 보면서 노형진은 입술을 깨물었다.

'자신 있는 이유가 있다 이거지?'

지역 경찰이 지역에 있는 집단들과 결탁하는 경우가 종종 있다. 그리고 노형진이 봤을 때 지금 그들의 모습은 그럴 가능성이 높다는 것을 보여 주고 있었다.

"으으으."

그 순간이었다. 등 뒤에서 들리는 목소리. 누군가 일어나고 있었다.

"여…… 여기는……."

노형진은 그가 일어난 것을 확인하고는 재빨리 그에게 다가갔다.

"이봐요. 정신이 듭니까?"

"네? 여기는 어딘가요?"

"병원입니다."

"병원? 병원요?"

그 순간 얼굴이 환해지는 남자.

그러나 그는 그 사실을 확인하기 위해 주변을 둘러보다가 사색이 되었다. 입구 쪽에 있는 남자들을 발견한 것이다.

"저…… 저……."

"전 노형진이라고 하는 변호사입니다. 일단 이 사건에 대해 저희에게 보호자로서의 권한을 위임해 주셨으면 하는데요?"

"네?"

"설명할 시간이 없습니다. 만일 나가기 싫으시다면 저한테 선임하세요."

"네?"

"일단 저한테 선임하시고 절 보호자로 하세요. 그러면 저희가 지켜 드리죠."

노형진은 일이 잘못되었다는 사실을 알고는 직접 나서기로 했다. 그 남자들을 발견한 남자의 얼굴이 사색이 된 것을 봤기 때문이다.

"선임요?"

"네, 나가기 싫으시다면요."

잠깐 정신을 차린 사이에 저들이 강제로 데려간다면 변호사로서는 방법이 없다. 경찰도 저들의 편인 만큼 막을 수 있는 수단이 없으니까.

하지만 정식으로 수임한다면 이야기는 달라진다.

"네…… 네……."

그는 몽롱해지는 와중에도 어떻게 해서든 노형진의 손을 잡았다.

"저…… 가기 싫습니다. 절 지켜……."

그러고는 다시 기절하는 남자. 아마도 그들을 보고는 심하게 놀란 모양이었다.

"들으셨지요?"

노형진은 고개를 들어서 남자들과 경찰을 바라보았다.

"법적으로 우리는 의뢰인의 의뢰를 받아들여서 정식으로 수임을 받았습니다. 그러니까 우리가 보호자입니다. 당신들이 아니라요."

"끄응……."

그들은 보호자라고 우기고 있지만 증명할 것이 없다.

반면에 노형진은 일단 구두로라도 수임 계약을 했고 증인도 있다. 이런 경우에는 당연히 우선권은 변호사에게 있다.

"그러니까 병실에서 나가 주시겠습니까?"

"크흠……."

남자들은 얼굴을 찌푸렸다. 그러고는 경찰들을 바라보았다. 눈빛이 오가는 듯하더니 어깨를 으쓱하는 경찰들.

'뭔가 있기는 있군.'

경찰들도 방법이 없다는 뜻이다. 그리고 관계가 없다면 그런 행동을 할 리 없으니까.

"나가세요! 어서!"

의사는 슬쩍 노형진을 보더니 안으로 들어온 사람들을 바깥으로 내몰고는 안도의 한숨을 내쉬었다.

"큰일 날 뻔했네요."

환자가 때마침 일어나지 않았다면 아마도 저들은 강제로 환자들을 퇴원시켰을 것이다.

"도대체 무슨 일이 벌어지고 있는 겁니까?"

노형진은 아까 의사가 뭔가를 이야기하려고 했던 것을 기억해 냈다. 그는 뭔가 곤혹스러운 것을 이야기하려다가 그들이 들이닥치는 바람에 이야기하지 못했다.

"사실은 요즘 묘한 소문이 돌더군요. 아니, 원래 있던 소문인데 제가 최근에 알게 되었다고 해야 할까요?"

"소문요?"

"멍텅구리 배라고 아십니까?"

"멍텅구리 배?"

노형진은 그게 뭔지 몰라서 고개를 갸웃했지만 그 말을 들은 송정한은 얼굴을 찌푸렸다.

"멍텅구리 배요? 이런, 아직도 운영한답니까? 이런……. 그러면…… 말이 되는데……."

"멍텅구리 배가 뭡니까?"

잘 모르는 일이었기에 노형진이 묻자 송정한은 멍텅구리 배에 대해 설명했다.

"쉽게 말해서 그냥 바다 위에 떠 있기만 하는 배를 말하네."

자체 동력이 없어 어디 가지도 못한 채 그저 물고기만 잡을 수밖에 없다. 그리고 간혹 다른 배가 와서 먹을 것을 배달해 준 뒤 잡은 물고기를 가지고 간다.

"아니, 그런 걸 왜 운영한대요?"

당장 파도가 조금만 높게 치기만 해도 죽을 수도 있다.

"돈이 문제니까. 기름값이 다른 것보다 안 들거든."

"단순히 그 이유 때문에요?"

"솔직히 말하면 그것보다는 더 큰 문제지."

그런 멍텅구리 배는 사람이 납치되어서 들어가면 나올 수가 없다. 죽으면 바다에 던지면 그만이다.

"설마?"

"그래, 아마도 저 사람들이 멍텅구리 배에서 탈출한 사람이 아닐까 하는 생각이 드는군."

"그렇다면 확실히 이야기가 되기는 하네요."

초라한 행색하며 심각한 몸 상태, 지금까지 있었던 일들까지 말이다. 탈출한 사실을 알고는 그들을 납치했던 녀석들이 찾아온 것이리라.

"노예 사건은 좀 해결되지 않았습니까?"

노형진은 기가 막혔다. 분명히 그에게 걸리면서 전국적으로 노예 사건이 많이 해결되었다. 그런데 멍텅구리 배라니?

"그건 염전 노예뿐이었으니까. 더군다나 멍텅구리 배는 추적하기도 힘들어."

"끄응……."

그 배가 있는 곳을 아는 것은 그걸 가져다 둔 녀석들뿐이다. 만일 누군가 신분 확인을 위해 그곳에 접촉하려고 한다면 저 녀석들이 먼저 다른 곳으로 옮기면 그만이다.

"설마……."

"설마가 아니지. 우리가 생각이 짧았어. 그때 더 넓게 생각해야 했는데."

생각해 보면 노예처럼 잡혀 있는 사람들이 오로지 염전에만 있을 리 없다. 그런데 염전만 생각했다니.

"그럼 그 소문이 뭡니까?"

"이 지역의 유지들과 몇몇 사람들이 저들과 결탁했다는 겁니다."

"결탁?"

"네, 누군가는 그들이 먹고 마실 것을 공급해야 하니까요."

"끄응……."

"그리고 그들이 탈출하면 그걸 알려야 하는 것도 있습니다."

노형진은 고개를 끄덕거렸다.

그건 염전 노예 사건 때도 벌어졌던 일이다. 그만큼 노예 사건은 기본적으로 한 지역이 결탁하지 않으면 일어날 수가 없는 사건인 것이다.

"지금도 보셨지요?"

"그렇겠군요."

그들은 저 남자들의 신분도 모른다. 이름도, 나이도, 아무것도 모른다.

그런데 그 조폭이라는 놈들은 어떻게 알았는지 벌써 동료

랍시고 찾아왔다. 이것은 단 한 가지 가능성이 성립된다는 것을 뜻한다. 바로 병원 내부에 저들과 결탁한 자가 있다는 것이다.

'그리고 아까 그 경찰들의 행동을 봐서는 경찰도 관련이 있을 가능성이 높군.'

"한 지역이 통째로 범죄자라고 해도 그게 가능한가?"

송정한은 말도 안 된다고 생각했다. 하지만 노형진의 생각은 달랐다.

"범죄자가 많은 건 아닙니다. 하지만 그걸 방치하겠지요. 이런 말이 있지요, '악이 승리하기 위해 가장 필요한 것은 선의 방관이다.'라는."

"방관이라……. 이해하겠네."

물론 그들과 결탁해서 직접적으로 범죄를 저지르는 사람은 드물 것이다. 하지만 대부분의 사람들은 그것과 싸우기보다는 그냥 모른 척하면서 넘어가려는 성향이 강하다. 이것이 선의 방관이다.

이유야 많다. 친구라서, 동창이라서, 아는 사람이라서, 같은 고향 사람이라서, 귀찮은 일이 연관되기 싫어서 등등.

그들은 주변에 무슨 일이 벌어지는지 알면서도 절대 신고하지 않는다.

"그리고 그 결과는 이런 식으로 나타나지요."

의사의 시선은 완전히 널부러져 있는 두 사람에게 향했다.

그들은 누군가에게는 소중한 아들이고 가족일 것이다. 아버지일 수도 있다. 하지만 저들에게는 그저 노예이며 자신과 상관없는 일일 뿐이었다.

"심각하군. 솔직히 멍텅구리 배가 아직도 운영될 거라 생각하지 못했는데."

"돈이 있으면 인간은 파렴치한이 되니까요. 아마 저들이 이 사람들을 강제로 퇴원시키려고 한 것도 그것 때문일 겁니다."

"음……."

과연 저들이 이 사람들을 퇴원시킨 뒤에 그들을 치료해 줄까?

그럴 리 없다. 한번 문제를 일으켰으니 다시 문제를 일으킬 가능성이 높다. 그렇다면 남은 방법은 하나뿐이다.

"다시는 일을 시키지 않겠지요."

"그렇겠지."

다시는 문제를 일으키지 않도록 흔히 말하는 '처분'이라는 것을 할 가능성이 높다

'미친놈.'

이 병원에서 저들에게 그걸 알려 준 그 누군가는 그걸 몰랐을까? 그럴 리 없다. 그건 법적인 지식이 아니라 조금만 상식이 있어도 예측하는 건 어렵지 않은 일이니까.

"그래서 아까 그렇게 조심스러웠던 거군요."

"네."

의사는 아까부터 조심스럽게 그들을 살피고 주변을 끊임

없이 경계하고 있었다.

"전 이곳이 아닌 다른 곳 출신입니다. 당연히 이쪽에서 일어나는 일에 대해서는 잘 모르지요."

그가 가진 상식대로라면 이런 건 신고해야 하는 대상이다. 조폭들을 부르는 대상이 아니라 말이다.

"그럼 이제 어찌해야 하나? 경찰에 신고해?"

노형진은 고개를 흔들었다.

"아까 보셨잖습니까? 저쪽은 경찰까지 손에 넣고 흔들고 있습니다. 경찰에 신고한다고 해도 그쪽에서 뭘 해 줄 것 같지는 않네요."

"그런가?"

"네, 그리고 경찰이 와서 해 봐야 뭘 하겠습니까? 당연히 수사한답시고 이리저리 돌아다니다가 말겠지요."

"모두가 그런 건 아닐 거 아닌가?"

"모두가 그런 건 아닐 겁니다. 경찰 조직이 얼마나 큰데 어떻게 그게 가능하겠습니까? 하지만 그 일부가 계급이 높으면 골 때리게 되는 거죠."

"끄응…… 그건 그렇지."

아무리 일선 경찰에서 조사하고 싶어 해도 높은 녀석이 중간에 차단해 버리면 일선 경찰로서는 어떻게 할 수가 없다.

그렇다고 그 높은 녀석들을 수사하고 싶어도 경찰의 특성상 내부 고발자는 가만두지 않는다.

결과적으로 수사해서 높은 놈의 비리를 벗겨 내도 경찰은 내부 고발자로서 불이익을 받아 해직당한다.

"그러니까 경찰은 소용없을 겁니다."

"그렇다고 검찰을 불러? 김성식 변호사가 전화하면 될 텐데?"

"아직 사건이 성립된 게 아니라서 그건 힘들 겁니다."

아무리 김성식이 한때 대검찰청 중수부장 출신이었다고 해도 이제는 바깥에 나온 변호사다. 검사들을 마구 불러 재끼는 것은 좋아 보이지 않는다.

"지난번에는 사건이 성립한 상황이니까 그렇다고 해도 말이지요."

"음……."

노형진이 공격당했을 때는 사건도 성립했고 경찰이라는 작자가 사법 질서 파괴를 공공연하게 했기 때문에 부를 수 있었지만 지금 같은 경우는 보기 좋다고 할 수가 없는 상황.

"그냥 두고 봐야 하나?"

"그것도 안 될 일입니다. 저 녀석들이 과연 포기할까요?"

"그럴 리 없지."

저들이 깨어나면 가장 먼저 할 게 뭘까?

당연히 경찰에 신고하는 것이다.

그런데 그렇게 되면 자신들의 조직이 드러날 수도 있다. 그래서 무리해서라도 강제로 여기서 끌고 가려고 했던 것이고 말이다.

'더군다나 바보가 아닌 이상에야 여기 경찰에 신고할 리 없지.'

그렇게 되면 경찰들의 비호를 받는 것에도 한계가 생긴다.

"아마도 다른 방법으로 접근할 겁니다."

"그렇겠지?"

"네."

자신들의 조직을 보호하고 범죄 사실을 은폐하기 위해서라도 그들은 저들을 죽이든 납치하든 해야 한다. 당연히 그냥 두고 볼 리 없다.

"그러니까 우리가 그 부분을 예상하고 대책을 세워야지요."

"하지만 어떻게?"

"우리에게는 믿을 만한 사람이 있지 않습니까? 후후후."

깊은 밤.

병원은 조용하고 아무도 보이지 않았다.

그날은 이상하게 당직하는 의사나 간호사, 심지어 경비원조차 자리를 비우고 있어서 왠지 층 하나가 텅텅 비어 버린 느낌이었다.

"망할 놈들. 다른 녀석은? 찾았어?"

"못 찾았습니다. 아마 바다에서 죽은 것 같습니다."

"혹시 모르니까 이 잡듯이 찾아봐."

"네, 형님."

배에서 탈출한 사람은 총 네 명. 그중 세 명이 발견되었다. 한 명은 어디론가 사라진 상황. 그나마 발견된 세 명 중 한 명이 죽어서 다행이기는 한데 두 명이 살아남은 것이 영 찝찝했다.

"일단 그 녀석들을 꺼내 오고 나서 해결하자."

"그 변호사 녀석이 지키고 있지 않을까요?"

"아까 못 들었어? 갔다잖아. 그리고 그 녀석이 막아도 이번에는 끌어내야 해."

만일 그 녀석들이 자신들에 대해 나불거리면 여러모로 좋지 않다. 재수 없으면 처리하기 힘들어질 수도 있다.

게다가 변호사라는 존재가 끼어 있는 이상 경찰 선에서 수습할 수 있는 것도 아니다.

"제대로 해라. 안 그러면 돈 억수로 깨진다."

"걱정하지 마세요. 깔끔하게 처리하겠습니다. 한두 번 하는 것도 아닌데요."

"변호사가 낀 건 처음이잖아."

지금까지 탈출을 시도한 사람이 그들만은 아니다. 그렇지만 그들은 대부분 실패했다.

그럴 수밖에 없었다. 사람이 사는 가장 가까운 섬은 이곳이고 이곳은 그들이 철저하게 통제하는 곳이기 때문이다.

더 멀리 가는 것은 아무리 건강한 사람이라도 불가능에 가깝다. 탈출한 사람의 대부분은 섬에 가기도 전에 죽고 그나마 도착한 녀석들은 섬에 도착하면 그들의 귀에 들어오니까.

'변호사라.'

문제는 변호사다. 지금까지 변호사란 녀석들이 사이에 낀 적이 없었다. 그렇다 보니 섣불리 뭐하기도 힘든 상황.

"안 되면 패서라도 데려와."

"네, 형님."

그들은 섬 내부에 있는 유일한 병원으로 향했다.

사실 탈출한 녀석들이 갈 곳은 뻔하다. 그러나 그런 곳에는 이미 눈과 귀를 깔아 둔 상황.

"들어가자."

역시나 그 내부에는 아무도 없었다. 미리 자리를 비운 것이다.

"어디 보자…… 호실이……."

그들이 안으로 들어가자 텅 비어 있는 입원실.

"후후후."

원래 4인실이지만 두 명을 뺀 나머지는 다른 방으로 옮겨 당연히 그 둘만 남은 상태였다.

"야, 야!"

누군가 그들에게 다가가서 툭툭 치면서 깨웠지만 그 누구도 일어나지 않았다.

"놔둬라. 그냥 자다가 죽게."

"그럴까요?"

"그래."

그 먼바다를 수영해서 건넜다. 더군다나 그들의 영양 상태가 어떤지는 자신들이 가장 잘 안다. 당연히 그들이 일어나기 힘들다는 것도 알고 있다.

"그냥 둘러메."

"네, 형님."

얇은 이불을 뒤집어쓴 그 둘을 그대로 둘러메고 움직이는 사람들.

그들은 조용히 병원에서 나와서 두 사람을 트럭에 태우고는 바로 액셀을 밟기 시작했다.

"내일 아침에 변호사가 지랄하지 않을까요?"

"어쩔 건데? 환자가 한밤중에 돈 내지 않고 도망갔다는데."

그러면 변호사에게도 방법이 없다. 도리어 병원비만 내고 포기해야 할 것이다.

"멍청한 육지 놈들."

그들은 피식 웃으면서 선착장으로 향했다. 이제 바다에 들어가면 모든 것이 정리될 것이다.

"저기 준비가 다 된 모양입니다."

컴컴한 새벽. 아직 다른 선원들이 조업 준비조차 하지 않을 시간의 부두에 한 척의 배가 불을 환하게 켜고 기다리고 있었다.

"웃차."

"이 새끼들 봐라. 완전히 널부러졌네."

"우리야 편하지. 그런데 어디다 버리게?"

"이 녀석들이 있던 곳에 버리려고요. 그곳에서 그렇게 물고기를 잡았으니 자기 몸 바쳐서 물고기의 배 좀 채워 줘야지요."

"캬, 시적이네. 자신이 일하던 곳에서 태초로 돌아간다라. 너, 시인 해도 되겠다."

"감사합니다, 형님."

히죽거리는 남자들.

그때였다.

"시인 같은 소리 하고 자빠졌네."

갑자기 둘둘 말린 이불 속에서 들리는 목소리.

"뭐야? 일어났나?"

"근데 자빠졌네? 이 새끼가 아직 정신 못 차렸나?"

이제 죽을 놈이라는 생각에 어이없어 하는 그들.

그러나 그들은 다음 순간 생각지도 못했다는 듯 표정이 되었다. 부스럭거리면서 둘둘 말린 이불이 움직이더니 그 안에서 다른 사람도 아닌 노형진이 튀어나왔기 때문이다.

"뭐…… 뭐야?"

"이 새끼는 뭐야?"

모르는 사람도 있고 아는 사람도 있었지만 어찌 되었건 자신들이 데리고 오려고 하던 사람이 아니라는 것쯤은 알 수 있었다.

"넌…… 그때 그……."

노형진의 얼굴을 알아본 남자는 이를 빠드득 갈았다.

"너희들에게 감사의 인사를 건네야겠네."

노형진은 씩 웃으면서 미소를 지었다. 그리고 그와 동시에 다른 쪽에서도 꿈지럭거리는 듯하더니 정우찬이 무표정한 얼굴로 나타났다.

파파팍!

그는 나오자마자 옷 속에 숨겨 둔 3단 봉을 꺼내 들어 의사를 명확하게 했다.

말은 하지 않았지만 그것만으로도 주변에 있던 녀석들은 잔뜩 긴장하기 시작했다. 그에게서 풍기는 기운이 보통이 아니었던 것이다.

"아주 대놓고 떠들더라?"

노형진은 녹음기를 흔들면서 미소를 지었다.

"이이익…… 어떻게……."

"어떻게는 무슨. 멍청한 육지 놈이라니? 멍청이는 너희들 아냐?"

같은 방을 쓰는 사람들이 갑자기 방을 옮기고 근무자들이 자리를 비우는데 이상하게 생각하지 않는 사람이 어디 있겠

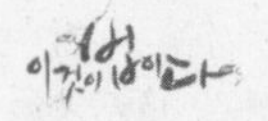

는가?

“음모를 짤 거면 제대로 해야지.”

“이 새끼들이.”

조폭들은 이를 빠드득 갈았다.

“야, 하는 수 없다. 여기서 처분하고 가져다 버리자.”

“네.”

조폭들은 각자 무기를 잡고 노형진과 정우찬을 포위했다.

“너희야말로 멍청이다. 아무리 증거가 좋다고 해도 너희 둘이 그렇게 나타나면 누가 지켜 줄 거라 생각하는 거지?”

피식 웃는 그들. 하지만 노형진이 그 정도도 생각하지 못할 리 없었다.

“에이, 설마 그럴 리가.”

“응?”

무슨 소리인가 하는 순간 갑자기 바다 쪽에서 강력한 라이트가 비춰졌다.

“손 들어! 움직이면 쏜다!”

“헉!”

항구 입구 쪽에서 들어오는 몇 대의 모터보트 경비정들과 그 위에 있는 사람들. 조폭들은 그들이 누군지 알아보는 게 어렵지 않았다.

“이런, 싯팔…….”

해경이었다.

물론 해경도 어느 정도는 관리한다. 그래야 멍텅구리 배 단속이 나가면 치울 수 있으니까.

하지만 그걸 가지고 이번 사건을 덮기에는 한계가 있었다.

"너희들이 어디로 갈지는 뻔하지."

관광지인 섬이다. 내부에는 여러 곳의 모텔이 있다. 당연히 언제 발견될지 모르는데 산속에 시체를 버릴 수는 없는 노릇이다.

하지만 바다는 발견될 가능성이 거의 없다. 문제는 바다로 나가기 위한 항구는 여기가 유일하다는 것.

"그걸 뻔히 아는데 왜 기름을 써 가면서 따라오겠어?"

항구 쪽에서도 스윽 모습을 드러내는 새론의 경호 팀들.

경찰에 경호 팀까지 가세했다. 더군다나 해경은 실탄까지 가지고 있는 상황.

"그럼 누가 멍청이인지 한 번에 드러나지 않아? 후후후."

노형진은 미소를 지었고 조폭들의 얼굴은 사정없이 일그러졌다.

"무기를 버릴래, 아니면 총에 맞을래?"

강력한 서치라이트가 배를 비추자 조폭들은 결국 주변을 바라보다가 툭 하고 무기를 떨어트릴 수밖에 없었다.

상대가 킹콩이라도 할 싸움은 한다

노형진은 의사의 도움을 받아 그들을 몰래 호텔로 옮기고 그 자리에 누워 있었다. 저들이 강제로 끌고 가기 위해 온다는 것을 예상했기 때문이다.

아니나 다를까, 그들은 아주 대놓고 납치하러 왔고 그 바람에 온갖 증거를 남기면서 말 그대로 일망타진당하고 말았다. 그리고 그들의 금고에서는 생각지도 못한 증거들이 쏟아지고 있었다.

"몇 명요?"

"일단 신분증상으로는 대략 백예순 명 정도 될 거라고 하더군."

경찰의 현장 조사에 참가했던 송정한은 질렸다는 듯이 고개를 절레절레 흔들었다.

“그들이 왜 그 신분증을 가지고 있는지는 모르겠지만 말이야, 어찌 되었건 희생자로 보이는 사람들의 신분증이 금고에서 나왔네. 이번 사건의 네 명의 신분증이 그 안에서 나왔으니 아마도 맞을 거야. 만일 납치한 시점에 신분증이 없었던 사람이 있다면 피해자는 더 있을 테고.”

그들의 금고에서 나온 수많은 신분증들. 그것들은 모두 희생자들의 것이었다. 어디서 나왔는지 그리고 그 희생자들이 어디에 있는지 마구 다그치고 있었지만 그들은 말 그대로 묵묵부답이었다.

“이거참…… 그들은 어디에 있는 건지…….”

“아마도…… 저 바다 어디인가에 있겠지요.”

노형진은 고개를 들려서 창밖을 바라보았다.

저 바다 위에서 물고기를 잡고 있든 죽어서 바다에 던져졌든 그들이 있는 곳은 바다일 수밖에 없다.

“위에서 압력이 오지 않던가요?”

“안 오기는. 왔지.”

“왔다고요?”

“그래, 초반에는 말이야.”

경찰서로 전화해서 마구 화내는 사람들.

또는 오해가 있는 거 아니냐 하면서 근엄하게 한 소리 하는 사람들.

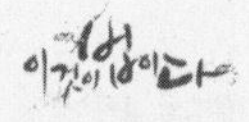

그들은 하나같이 그런 일은 있을 수 없다는 식으로 말했다. 하지만 신분증이 나오면서 하나같이 입을 다물고 잠적해 버렸다.

"하긴 증거가 나왔으니."

증거가 없다면 모를까, 명확한 증거가 있다. 그러니 압력을 행사하기 힘들 것이다.

"더군다나 이 사건은 중앙에서 직접 나설 모양이야. 어쭙잖은 동네 유지가 해결할 수 있는 일이 아닌 거지."

노형진은 고개를 끄덕거렸다.

아무리 이런 사건이라고 해도 중앙에까지 로비하기는 힘들다. 위험도에 비해 버는 돈이 많지 않기 때문이다. 설사 하려고 한다고 해도 중앙에서 이 정도 사건을 돈 몇 푼 때문에 덮으려고 하는 사람은 드물다.

"후우, 슬픈 일이군. 그나저나 두 분은 어떠신가?"

"아, 이제는 괜찮습니다. 몸이 약해진 거야 하루 이틀 만에 해결될 일도 아니고."

"그렇지. 일단 들어가서 이야기를 좀 해 보세."

"네."

노형진은 송정한과 방 안으로 들어갔다.

일단 임시로 구한 숙소 중 한 곳에 그들을 두고 있었다.

'빨리 나가서 정식으로 수사해야 하는데.'

그런데 아직까지 그들이 지친 상태여서 새론의 멤버 중 몇 명만 남아 그들을 지키고 있었다.

"창식 씨, 영길 씨, 몸은 어떠신가요?"

"아! 노 변호사님!"

이창식은 노형진을 보면서 얼굴이 밝아졌다.

그가 잠깐 정신이 들었을 때 의뢰하라고 했던 노형진이 아니었다면 이대로 그대로 끌려가 바다에서 죽을 뻔했기 때문이다.

"그 녀석들은 어떻게 되었나요?"

"수사 중입니다. 일단은 거의 대부분 일망타진되었다고 봐야겠지요."

"하지만 한두 명이 아닐 텐데요?"

"이런 사건은 그 흔적이 남기 마련이니까요."

아무리 저들이 조용히 움직였다고 해도 흔적은 남아 있다.

게다가 이런 사건은 정부에서도 그냥 둘 수 있는 사건이 아니다.

이미 배는 압류당했고, 그들과 전화 한 통이라도 한 적이 있는 사람은 모조리 소환되고 있으며, 그들과 밀접한 관계에 있는 사람들은 모조리 불려 오고 있었다.

"이런 사건은 그냥 둬도 잘 해결될 겁니다. 두 분에게 해를 끼치지 못하니 그 부분은 걱정하지 않으셔도 됩니다."

"네……."

박영길은 슬픈 얼굴이 되었다.

자신과 함께 탈출했던 사람 중 한 명은 파도에 휩쓸려 어디론가 사라졌고, 한 명은 같이 오기는 했지만 버티지 못하고 죽었다. 살아남기는 했지만 그 슬픔은 영원히 그들을 괴롭힐 것이다.

"가족들에게는 연락이 갔습니까?"

"네, 갔습니다. 지금쯤 우리 변호사들이 그쪽에서 가족분들과 만나고 있을 겁니다."

노형진은 미소로 답했다.

'이제 끝인가?'

사실 이런 사건은 그들이 나설 일이 없다. 없을 수도 없는 사건이고 언론에 한창 나가고 있으니 저들의 조직은 제대로 박멸될 것이다.

'그리고 또 한 번 피바람이 불겠지.'

염전 노예 사건 이후에 실시한 전국에 있는 염전에 대한 불시 검사로 수많은 염전 노예들이 구출되었고, 그들은 새론을 통해 막대한 손해배상을 했다. 이번에도 역시 이번 사건을 계기로 멍텅구리 어선에 대한 대대적인 검사가 진행될 것이다. 그 과정에서 수많은 피바람이 불겠지만.

'그건 내 알 바 아니지.'

자신 스스로 인생을 망친 녀석들이다. 노형진은 그들에게 일말의 불쌍함도 느끼지 않았다.

"조금만 기다리면 가족들에게로 돌아가실 수 있을 겁니다."

노형진은 그들에게 미소를 보여 줬다. 하지만 그는 이 사건이 어떤 식으로 변해 갈지 이때까지 전혀 예상하지 못했다.

"뭐라고요?"

노형진이 돌아와서 다시 자리를 잡고 언론에서 더 이상 이 사건을 이야기하지 않을 때쯤이었다. 그를 찾아온 이창식이 한 말은 노형진을 당황하게 만들었다.

"가출요?"

"네."

이창식은 며칠 사이 많이 변한 모습이었다. 가족들이 얼마나 잘 먹였는지 그래도 나름 혈색도 돌아왔고 말이다. 하지만 그 얼굴에 가득한 억울함은 어찌할 수가 없었다.

"아니, 일이 이 지경인데 가출로 되어 있다고요?"

이창식과 박영길이 탈출한 뒤 전국적으로 대대적으로 멍텅구리 배, 속칭 '빠지선'에 대한 불시 점검이 벌어졌고 제대로 대답하지 못하면 무조건 지상의 경찰서로 데려와서 며칠간 살핀 뒤 신분 확인을 했다.

너무 맞아서 두려움에 떨던 사람들은 처음에는 대답도 못했지만 며칠간 안정을 찾고 나자 자신에 대해 이야기하거나 돌아가지 않겠다는 의사를 명확하게 했고, 벌써 수십 명의 조폭과 수백 명이 넘는 선장, 선주들이 구속되고 있었다. 그런데 그가 억울한 부분은 따로 있었다.

"제가 납치된 게 3년 전입니다. 3년 전. 그 3년간 그 개 같은 일을 당하고 나서 간신히 탈출했는데 경찰서에서는 가출이랍니다."

"가출이라……. 아아아……."

"뭐 아시는 게 있습니까?"

"그게 말이죠…… 하아……."

노형진은 대한민국 경찰의 무능함에 치를 떨 수밖에 없었다.

'아니지. 이건 무능한 것 정도가 아니라 그냥 일하기 싫은 거지.'

노형진은 고개를 흔들었다.

"도대체 왜 제가 가출한 것으로 처리되어 있는 겁니까? 네? 저뿐만이 아니라 영길이도 가출한 것으로 되어 있었습니다. 돌아가신 그 두 분도요! 지금 영길이 어디 있는지 아세요? 영창에 있어요, 영창!"

100일 휴가를 나왔다가 납치당한 박영길은 집에 오자마자 헌병들이 다짜고짜 군무이탈이랍시고 영창으로 끌고 갔단다.

"네? 미친 거 아닙니까?"

그의 몸은 정상이 아니다. 더군다나 납치되어서 그 고생을 하고 왔다. 그런데 영장이라니?

"구속영장이 발부되었답니다. 이런 개 같은 경우가 어디 있어요!"

"끄응……."

노형진은 머리를 흔들었다. 물론 박영길의 경우 군인인데도 돌아가지 않았으니 당연히 군대에서는 탈영으로 볼 수 있다.

'그런데 사정도 알아보지 않고 무작정 구속영장이라니.'

조금만 알아보면 무슨 일을 당했는지 알 수 있는데 그렇게 했다는 것은 군대에서 아예 그에 대한 관심이 없다는 것을 뜻한다.

물론 재판에 들어가면 그 억울함이 풀어지겠지만 군형법상 그는 그 기간 동안 영창에 있어야 한다. 즉, 제대로 진료도 못 받는 것이다.

"도대체 왜 이런 겁니까?"

"대한민국 경찰의 내부 지침 때문에 그래요."

"내부 지침요?"

"네, 간단하게 말해서 대한민국에서 남자에 대해서는 실종이라는 게 거의 인정되지 않습니다. 기본적으로 명확한 증거가 없는 이상 무조건 가출로 처리해 버려요."

"네?"

어이가 없는 표정을 짓는 이창식. 하지만 노형진은 이제야 기억난 이 골 때리는 상황에 입맛이 썼다.

'이게 경찰인지, 아니면 월급 도둑인지…….'

경찰청 내부 지침에 따르면 남자에 대한 실종 사건은 무조건 가출로 우선 처리하며, 그 후 그가 납치되었다는 명확한 증거가 나오면 그걸 실종으로 하도록 되어 있다.

“그러니까 남자는 기본적으로 보호받지 못하지요.”

“뭐라고요?”

“그게 현실이에요.”

농담이 아니라 현실이 그렇다. 미래에 대한민국 정부에서 긴급 신고 어플이라는 것을 만들어서 나눠 준다. 그걸 누르면 자동으로 112에 연결되도록 해서 시민들의 안전을 보호할 수 있게 하기 위해서였다.

‘근데 그게 성인 남자는 해당 사항이 없지.’

문제는 그 어플이 18세 이상 성인 남성인 경우 절대 가입 불가라는 것. 심지어 여든 살을 먹은 노인네도 가입할 수가 없었다.

“멍청한 짓이지요.”

“아니, 왜요! 왜! 그런 겁니까!”

“생각하기 싫으니까요.”

웃긴 말이지만 현실이다. 경찰은 18세 이상의 남자라면 기본적인 근력을 가지고 있으니 범죄와 싸워서 이길 수 있다는 논리를 내세우고 있다.

‘웃긴 건 그 범죄자들이 18세 이상 남자로 구성된 조직 폭력 집단이라는 건데.’

결과적으로 아무런 의미가 없는 가정인데도 그들은 그렇게 가정하고 이런 사건의 경우에는 남자들의 실종을 무조건 가출로 처리하며, 심지어 긴급 상황에 신고하는 것조차 막아 버린 것이다.

"하…… 하지만 전 납치당한 거잖습니까?"

너무 어이가 없어서일까? 이창식은 말까지 더듬었다.

"그게 문제죠."

일단 가출로 접수했다 해도 시간이 지나면 실종으로 변경하거나 할까?

아니다. 그냥 둔다. 당연히 그가 다시 나타나거나 시체로 발견되지 않는 이상 피해자는 그냥 가출자일 뿐이라는 것이 문제다.

"이런…… 미친……."

"그게 규정인데요, 뭘. 남자는 원칙적으로 수사 제외 대상입니다."

"이런 미친……."

수사 제외 대상이라는 말은 노형진이 만든 말이 아니라 실제 경찰이 방송에 나와서 직접 한 말이다. 남자는 실종되면 수사 제외 대상이라고 말이다.

"그러니까 기본적으로 대한민국 경찰은 납치 범죄에 대해서는 남자는 구조 업무를 안 하죠."

"말이 됩니까! 지금 21세기예요! 21세기! 신고하면 애완견도 찾아 주는 시대인데."

"뭐, 개만도 못하다는 거죠."

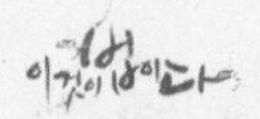

물론 남성에 대한 납치 사건이 많은 것은 아니다. 하지만 많지 않다는 것이 없다는 것은 아니다. 그런데도 경찰은 범죄자들에게 대항할 수 있다는 말도 안 되는 이유로 대부분의 남성 실종 사건을 가출로 처리해 버린다.

"아마 이번 사건도 비슷하지 싶네요."

노형진의 얼굴이 살짝 일그러졌다. 그럴 수밖에 없는 게 그 역시 남자이며 경찰의 보호를 받지 못한다는 뜻이기 때문이다.

더군다나 그는 변호사. 사방에 적이 깔려 있다.

'그런데 납치당하면 그게 땡이라는 거지.'

현장에서 죽지 않고 증거 없이 납치당하면 그는 실종자로서 수사도 하지 않는다는 뜻이다.

'물론 새론의 다른 변호사들이 도와주겠지만.'

물론 그는 새론 소속이라 납치당하면 변호사들이 가만있을 리 없으니 어떻게 수사받을지도 모른다. 하지만 대부분의 사람들은, 아니 남성들은 어떤 지원도 받지 못한 채로 그냥 죽거나 이창식처럼 노예로 살아야 한다.

"으으."

이창식은 이를 뿌드득 갈았다.

"왜 그러세요?"

"저…… 핸드폰 가지고 있었습니다."

"네?"

"납치될 때 말입니다, 핸드폰이 두 개였습니다."

그의 말에 따르면 납치될 때 핸드폰이 두 개였단다. 그는 업무 때문에 핸드폰을 두 개씩 들고 다녔는데 그 당시 자신을 납치한 녀석들은 핸드폰이 두 개인 것을 모르고 한 개만 빼앗아 갔다고 했다.

"이런……."

노형진은 혀를 끌끌 찼다.

이게 무슨 소리냐 하면 저들이 제대로 실종 처리를 하고 핸드폰을 추적했다면 이창식은 납치되지 않아 지난 몇 년간 노예로 살지도 않았을 것이라는 뜻이다.

"이게 말이 됩니까!"

이창식은 분노했다. 자신이 그 고생을 한 것의 절반은 경찰이 자신을 구하기 귀찮아서, 아니 남자에 대해서는 서비스를 제공하기 싫어해서 그런 것이라는 말이 너무 어이가 없었기 때문이다.

'하긴 그것도 말이 안 되기는 하는데.'

노형진은 그 부분에 대해서 뭔가 이상하다는 생각을 했다.

상식적으로 동일한 서비스를 제공하는 것은 어렵지 않다. 특히 112 앱 같은 경우는 프로그램을 바꿀 필요 없이 그냥 제한 하나만 풀면 된다. 그런데도 경찰은 절대로 남자들에게 그런 행정 서비스를 제공하지 못하겠다면서 버티고 있는 상황.

'이런 경우는…….'

사실 이런 경우는 대부분 어떤 집단이 뒤에 있기 마련이다. 남자에 대해 극도로 싫어하면서 역차별을 주장하는 어떤 단체 말이다. 그들에게 있어서 남성이란 피해자가 아니라 가해자일 뿐이며 도와줘서도 안 되는 놈들이다.

'그리고 경찰의 행동은 그놈들의 행동에 영향을 받은 것 같기는 한데.'

말은 하지 않지만 그거 말고는 딱히 이유가 없다.

'뭐, 그걸 가지고 내가 뭐라고 할 수도 없는 노릇이고.'

사실 그건 내부 문제고 노형진이 해결할 수 있는 것도 아니다. 노형진이 그쪽에 항의한다고 해서 바뀌는 것은 없다. 그들을 바꿀 수 있는 방법은 단 하나, 그들에게 피해를 주는 것뿐이다.

"창식 씨."

"네?"

이를 빠득빠득 가는 이창식을 부르는 노형진.

그는 이번 사건을 계기로 그 망할 내부 규칙이라는 것을 바꿔 볼 생각이었다.

'그리고 그 방법은 의외로 간단하지.'

일하기 싫어하는 공무원을 일하게 하는 방법은 뭘까?

다그쳐서? 아니면 화를 내서?

아니다. 일하기 싫어하는 공무원을 일하게 하는 방법은 그걸로 불이익을 주는 것이다. 공무원이 복지부동을 하는 것은 그 불이익을 당하기 싫어서니까 하지 않아서 당하는 불이익이 커지면 할 수밖에 없게 될 것이다.

"이런 말씀 아십니까, 인간은 모가지에 칼이 들어와야 자기 잘못을 뉘우친다는?"

"네?"

"그런데 그건 조직도 마찬가지거든요. 특히 공무원이란 조직은 더 그렇습니다. 자기한테 일이 안 벌어지면 일하지 않으려고 하는 습성이 있습니다. 복지부동이라고 하지요."

"무슨 말씀이신지?"

"정부를 대상으로 손해배상 청구하실 생각 없습니까?"

"손해배상요?"

"네."

이창식은 깜짝 놀랐다. 억울하기는 하지만 정부를 대상으로 손해배상을 청구한다는 것은 생각도 못 한 일이었기 때문이다.

'하긴 보통 사람들은 그런 생각은 하지 않지.'

정부가 피고가 되는 셈인데, 아이러니하게도 재판부는 정부 소속이다. 그러니 아무래도 정부 편을 든다고 생각한다.

하지만 기본적으로 삼권분립이 대한민국의 기조이며 정부가 잘못한 사건의 경우에는 실제로 손해배상 판결이 나온 적이 적지 않다.

'정부는 그 사실을 알리려고 하지 않지만.'

그래야 정부의 실책으로 손해 본 사람이 그 배상을 청구하지 않으니까.

“하지만 이런 사건은 명백하게 경찰의 직무 위반입니다. 더군다나 일선 경찰도 아니고 경찰청 내부 규칙으로 되어 있어요. 그러니 남자들은 구조도 못 받지요.”

“하지만 저 혼자 어떻게…….”

혼자라는 생각에 두려움을 약간 나타내는 이창식.

“왜 혼자라고 생각하십니까?”

“네?”

“지금 구출되고 있는 사람이 몇 명인데요?”

“그거야…… 아!”

노예로 잡혀 있던 사람은 한두 명이 아니다. 그리고 그들은 남자다. 과연 그들이 실종 처리되었을까? 아니면 가출 처리되었을까? 경찰의 처리 지침에 따르면 그건 뻔하다.

‘그리고 그로 인해 막대한 피해를 입었지.’

그뿐만 아니라 신분증만 발견된 그 가족들도 있다. 그나마 구출된 사람들은 가족이라도 만나지만, 그 가족들은 시체조차도 찾지 못하게 된 것이다.

“잘못된 것에 화만 내면 안 됩니다. 그걸 고쳐야지요.”

노형진은 그들을 설득해서 집단소송을 할 생각이었다. 이렇게 한번 된통 당하고 나면 경찰은 그동안 밀려 있던 모든 가출을 제대로 다시 점검하는 수밖에 없다. 그리고 그중에서 상당수의 실종이 제대로 진실이 밝혀질 것이다.

"고쳐져야 한다라……."

"그 녀석들 거지인 거 들으셨죠?"

"그 녀석들…… 네……."

이창식은 노형진이 무슨 말을 하는지 알아차리고는 고개를 끄덕거렸다.

자신을 납치했던 인간들, 자신을 배에서 일하게 했던 인간들. 그 녀석들은 이미 재산을 빼돌린 상황이었다.

물론 찾다 보면 언젠가는 나오겠지만 지금은 손해배상을 받는 게 쉽지 않았다.

"그러면 최소한 병원비는 받아 내야 하지 않겠습니까?"

그들에 비해 경찰은 압류할 돈이 넘쳐난다.

물론 넉넉한 예산이 아닌 것은 안다. 하지만 예산이 부족한 것과 자신이 해야 하는 일을 하지 않는 것은 전혀 다른 일이다.

"합시다, 소송."

노형진은 이글거리는 눈빛으로 이창식을 바라보았다.

이창식은 잠시 고민하는 듯하더니 천천히 고개를 끄덕거렸다.

"합시다…… 소송."

그렇게 새론의 국가를 대상으로 한 첫 번째 소송이 시작되었다.

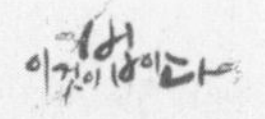

“상대방이 골리앗인 건 알지?”

“네.”

송정한은 확실하게 하기 위해 노형진에게 물어봤다. 괜시리 쓸데없는 자신감으로 덤벼들었다가는 질 수도 있는 상황이라 진심을 확인해야 했다.

“거참…… 국가라니.”

정확하게는 대한민국 경찰을 대상으로 하는 손해배상 청구 소송이기는 하지만 결국 그 예산은 국가에서 나온다. 그런 만큼 정부를 대상으로 하는 소송이라고 봐도 무방했다.

“자네도 알겠지만 정부 단체를 대상으로 하는 소송은 다른 소송보다 더 어렵네.”

“알고 있습니다. 하지만 그렇더라도 해야 할 때가 있지요. 그렇지 않으면 잘못된 것은 영원히 고치지 못합니다.”

“그건 그렇기는 한데…….”

국가의 소송이 어려운 것은 재판부가 국가 소속이라는 문제 때문이다. 물론 나름 삼권분립으로 중립적으로 판단하려고 한다고 하나 가재는 게 편이라는 말이 있듯이 알게 모르게 국가 편을 들어 주는 마음이 없을 수가 없다.

“어려울 걸세.”

“쉽다고는 생각 안 합니다.”

그렇다 보니 국가를 대상으로 소송을 하는 사람은 무엇보다도 확실한 증거를 가지고 있어야 한다. 다른 사건에서는 인정해 줄 만한 증거라 할지라도 대상이 국가가 되면 재판부는 더욱 까다롭게 검증하기 때문이다.

"하지만 이렇게라도 하지 않으면 그 망할 규칙은 사라지지 않을 겁니다."

"끄응…… 하긴……. 내가 생각해도 이상한 규칙이기는 하지."

강력 범죄로 인해 발생하는 피해자 중 남자의 비율은 대력 61% 정도다. 즉, 일반적으로 사람들이 생각하는 몇몇 범죄들을 제외하고는 남성 피해자 역시 적지 않게 범죄로 희생당하는 것이다. 그런데 그게 단순히 남자라는 이유로 보호 대상이 되지 못한다는 것은 말도 안 된다.

"제가 봐서는 이 소송을 시작하면 아마도 관련 피해자가 더 나올 것 같습니다."

남상주 변호사는 그렇게 말하면서 노형진의 편을 들었다.

"관련 피해자요?"

"네, 저 내부 규칙이 생긴 지는 오래되었고 실제로도 관련 피해자들이 적지 않다고 생각하거든요."

"하지만 보통 신고하면 오지 않습니까?"

"일반적인 사건이야 그렇지요. 하지만 사건 현장에 온다고 사건이 해결되는 건 아니잖습니까?"

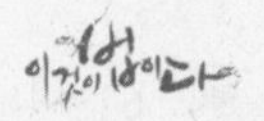

특히 실종 사건의 경우 사건 현장보다 더 중요한 것이 범인들의 동선 확인이다. 과거에는 물어물어 추적하는 게 다였지만 지금은 전국이 CCTV 감시하에 있기 때문에 경찰이 하고자 하면 못 할 수가 없다.

"그럼에도 불구하고 남자라는 이유로 무조건 가출 처리하는 것은 상식적으로도 말이 안 되죠. 과거처럼 찾기 힘든 시대도 아닌데요."

"음……."

"그런 부분에서 노 변호사의 말에 적극 동의합니다. 아마도 제가 봐서는 과거부터 내려오던 폐단이 그냥 굳어 버린 것 같네요."

과거에는 여성 납치 사건이 압도적으로 많았다. 그리고 사건을 해결할 수 있는 시간은 부족했다. 일일이 직접 찾아야 하다 보니 인력도 많이 부족했고 말이다. 그러니 상대적으로 가출 경향이 강한 남자들에 대해서는 그렇게 처리했을지도 모른다.

하지만 현대에는 남자에 대한 납치도 많이 벌어지고 있고 CCTV 덕분에 수사 자체도 그다지 힘들지 않다. 그리고 남자들이 가출하는 것도 과거보다 덜해졌다. 그럼에도 불구하고 과거의 규칙을 누구도 건들지 않으니 자기들 편한 대로 써먹고 있는 것이다.

"시대가 바뀌면 법도 바뀌어야 한다고 생각하거든요, 전."

노형진의 말에 송정한은 고개를 끄덕거렸다.

"하긴, 그건 노 변호사 말이 맞는데."

시대가 바뀌면 법도 바뀌어야 한다.

시대가 바뀌는데 법이 그 앞을 가로막는다면 그 나라는 시대에서 뒤떨어지게 되는 법이다.

"법이 바뀌어야 한다라."

"네, 근데 법도 아니고 고작 자신들이 편하자고 만든 규칙이 국민의 인권을 침해하게 두면 안 됩니다."

송정한은 고개를 끄덕거렸다.

"그럼 다음에 할 건 결정된 셈이군."

"네, 이제 소송에 참가할 사람들을 모으기만 하면 됩니다."

"하지만 어떻게? 그 많은 사람들에게 찾아갈 수 있는 것도 아니고 말이야."

"간단합니다. 이런 일을 홍보해 주는 전문가가 있거든요."

"전문가? 이런 걸 홍보하는 전문가도 있어?"

"그럼요. 그러니까 우리는 소송만 준비하면 됩니다. 이제부터 하는 모든 것이 다 소송이니까요."

노형진의 미소에 왠지 송정한은 경찰이 불쌍해질 것 같다는 생각이 강하게 들었다.

"뭐라고요?"

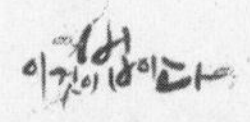

슬슬 노예 사건의 떡밥이 떨어지고 있는 시점에서 한 건을 노리고 있던 삼진일보의 기자인 여택수는 노형진의 말에 귀가 솔깃했다.

"경찰에서는 아예 남자에 대한 실종 신고 자체를 거부합니다."

"네? 그럴 리가요."

"과연 그럴까요?"

노형진은 그에게 그동안 들어간 신고 기록을 슬쩍 넘겼다. 물론 그걸 구하기 위해 상당한 돈을 쓰기는 했지만 그 가치 이상의 일을 할 테니 그 돈이 아깝지 않았다.

"이거 보세요. 그 안에 진실이 있으니까."

"어, 진짜네?"

여택수는 접수 기록을 보고 기가 막혔다. 거기에는 사건들을 분류하면 아이와 여성에 대해서는 다 실종으로 되어 있는데 18세가 넘어간 남성은 대부분 가출로 처리되어 있었다.

"사람들은 그걸 모르니 일단 신고하면 경찰이 찾아 줄 거라 생각하죠. 하지만 피해자 가족들이 접수할 때는 실종으로 접수했을지는 몰라도 경찰에서는 실종이 아닌 가출로 처리하기 때문에 수사하지 않아요."

"그러면 뭡니까, 여기 있는 사람들은?"

가끔은 가출이 아닌 실종으로 되어 있는 사람들.

그들은 남자임에도 불구하고 명백하게 실종으로 처리되어 있었다.

"돈이 있거나 명확한 증거가 있는 경우죠."

"돈이 있거나 명확한 증거가 있는 경우?"

"네."

"돈이 무슨 상관이에요?"

"그렇게 돈이 있는데 그 돈을 버리고 가출하겠어요?"

"음……."

가출이라는 것은 말 그대로 모든 것을 버리고 떠나는 것을 말한다. 그런데 수십억을 가지고 있는 사람들이 과연 모든 것을 버리고 그곳을 떠날까?

그럴 리 없다. 그렇다 보니 경찰에서는 돈이 있는 사람들의 경우 가출이 아닌 실종으로 정식으로 접수해서 수사한다.

"하지만 이게 이번 멍텅구리 배 사건과 무슨 관계가 있는 거죠?"

"그 사건에서 발견된 사람들의 이름이에요. 오른쪽에 있는 차트와 비교해 보세요."

노형진은 다시 두 장의 사건을 건넸고, 그는 그걸 일일이 비교하기 시작했다. 그러다가 눈에 띄게 당황했다.

"응?"

분명히 이들은 납치당해서 수년 동안 노예로 살아왔다. 또는 죽어서 다시는 돌아올 수 없는 사람이 되었다. 그런데 경찰서 내부의 처리 상황에 따르면 이들은 90% 이상 가출로 처리되어 있었다.

"이는 즉, 경찰이 제대로 수사했다면 이분들이 좀 더 자유를 만끽할 수 있었을지도 모른다는 뜻이죠. 아니면 지금까지 살아서 가족들과 함께 있든가."

"음……."

"그리고 이런 사람들이 한두 명이 아닐걸요? 안 그렇습니까?"

"음……."

당장 신분증을 발견한 사람들의 수가 적은 게 아니다. 그런 상황에서 진짜로 경찰이 수사하지 않는다면 그 책임을 면할 수가 없다.

"어떻게 하시겠어요?"

노형진은 슬쩍 그를 찌르기 시작했다.

"뭐, 생각이 없으면 다른 곳에 가져다 드리고요."

그렇게 되면 손해 보는 것은 그다.

"도대체 왜 이런 식으로 하는 겁니까?"

"저야 모르죠."

어깨를 으쓱했지만 사실 다른 이유는 없다. 그냥 귀찮은 것뿐이다.

"돈 없는 사람들은 결국 죽으라는 소리죠. 안 그래요? 만약 납치된 사람들이 대기업 아들이나 정치인 아들이었다면 이렇게 오랫동안 안 걸렸을까요?"

그럴 리 없다. 아마 그랬다면 군이라도 동원해서 전국을 뒤졌을 것이다.

"음……."

여택수 기자는 머리를 빠르게 굴리고 있었다.

'흐흐흐, 그래, 열심히 굴려 봐라.'

노형진이 그에게 접근한 것에는 다른 이유가 있었다.

다른 기자들과 연락처가 없는 것도 아니다.

그렇다고 삼진일보가 다른 신문사에 비해 큰 것도 아니다.

그가 여택수에게 접근한 이유는 단 하나, 그가 기레기에 가깝기 때문이다.

기레기는 기자와 쓰레기의 합성어로 기자 같지도 않은 기자를 비하할 때 쓰는 말이다. 그런데 그가 왜 기레기라고 불리느냐 하면 적당한 소재가 있으면 있는 뻥, 없는 뻥을 다 붙여 가면서 온갖 소설을 다 쓰는 타입의 기자이기 때문이다.

'이럴 때는 정론지는 불편하지.'

딱 사실만 전하면 묻힐 가능성이 있다. 하지만 좀 더 자극적인 소설 몇 개 넣으면 국민들에게 순식간에 알려지기 마련이다. 인간은 자극적인 소식을 찾아다니니까.

"이런 건 말도 안 되죠. 돈 있는 사람이 아니면 죽어도 상관없다 이건가요?"

"그럴지도?"

여택수 기자는 대충 대답하고 있었다. 하지만 그게 그의 머릿속에서 이미 수많은 이야기들이 만들어지고 있다는 증거임을 알기에 노형진은 그걸 절대로 기분 나빠하지 않았다.

'홍보 감사합니다. 흐흐흐.'

노형진은 얼마 후에 나올 기사를 생각하면서 속으로 웃음을 감추고 있었다.

⚖

얼마 후, 진짜로 관련 기사가 나왔다.

아니나 다를까, 기레기라는 별명 아닌 별명에 맞게 온갖 개뻥들으로 점철된 기사였다.

이번 사태에 대하여 경찰은 기본적으로 남성은 구조의 대상이 아니며 기본적으로 범인일 가능성이 가장 높기 때문에 배제했다는 내부 정보통의 이야기가 있었습니다. 이에 피해자협회에서는 남자들도 희생자가 될 수 있으며……(중략)……한편 모월 모일 납치된 김 모 씨의 가족들은 경찰에 그 사실을 신고하였으나 경찰은 내부적으로 가출로 처리하여 며칠 뒤 김 모 씨의 변사체가…….

"캬, 역시 소설가."

노형진은 그가 쓴 글을 보면서 혀를 내둘렀다.

"이 사람은 기자가 아니라 소설가를 했어야 했어."

자세하게 보면 실종자를 가출자로 처리한다는 내용이지만 이 표현이 애매해서 얼핏 보면 경찰이 아예 남자에 대한 도움 자체를 금지하도록 되어 있는 것처럼 쓰여 있었다.

이건 말도 안 되는 일이다. 그러니 경찰에서 항의하겠지만 언론의 자유를 가진 상태에서 쓴 글인 데다가 표현이 애매해서 그렇지, 실제로 있는 사실만 썼기에 문제가 될 가능성은 없었다.

"역시 기자들이란."

아니나 다를까, 노형진의 생각대로 남자들이 그걸 보고 발끈해서 인터넷으로 퍼 나르기 시작했고 다른 언론은 그걸 본 뒤 사건에 파고들기 시작했다.

"자, 이제 슬슬 전화가 올 일만 남았군요."

마지막에 기사, 아니 소설의 끝을 장식한 한 문장.

이번 사건에 대해서 법무 법인 새론에서는 피해자들을 모아 손해배상을 청구하기로 했다.

그 한마디가 인터넷을 타고 뜨겁게 달구기 시작했다.

일하기 싫으면 말하지 그랬어

"줄을 서세요."

"잠시만요. 새치기하지 마세요."

새론으로 몰려드는 수많은 사람들.

그들은 하나같이 자녀나 가족의 사건 기록을 들고 있었다.

그 수가 얼마나 많은지 접수하는 곳에서 길게 늘어선 줄이 100미터는 족히 넘었다.

"엄청나게 많은데?"

송정한은 질렸다는 얼굴로 그쪽을 바라보았다.

이렇게 많은 사람들이 올 거라고는 생각도 못 했다. 심지어 지금 접수 담당을 임시로 배치해서 속력을 두 배 이상 늘렸음에도 불구하고 도무지 줄어들 생각을 하지 않았다.

"아마 더 늘어날 겁니다. 문의 전화가 계속 오고 있으니까요."

"음……."

그나마 이들은 확인도 하지 않고 다짜고짜 온 사람들이다. 전화까지 해서 확인한 후에 오려고 하는 사람들까지 오기 시작하면 아마도 이 줄은 훨씬 더 길어질 것이다.

"이거 생각보다 심각한 문제군."

"심각한 문제죠. 경찰들에게는 그냥 일하기 싫은 하나의 사건일지 모르지만 가족을 잃어버린 저분들은 하루하루 피가 마르는 기분일 겁니다."

의외로 한국에서 남자 실종자들은 많았다.

물론 실종자라고 해서 다 진짜 실종은 아니다. 실제로 가출한 사람도 있다.

하지만 그런 경우 경찰이 당사자의 의견을 묻어서 가족들에게 생사만 알리고 그 후에 나머지 정보만 알려 주지 않으면 된다. 그런데도 그마저도 하지 않았다는 건 변명의 여지가 없었다.

"아마도 숫자는 계속 늘어날 겁니다."

"음…… 손해배상을 받으려고 하는 걸까?"

이번 사건은 명백하게 민사상 손해배상이다. 즉, 형사처벌로 누굴 찾을 수 있는 게 아니었다. 그런데 굳이 민사까지 하는 데에는 다 이유가 있다.

"사실 저분들에게는 손해배상이 중요한 게 아닙니다. 단

한 번이라도 가족을 더 보고 싶은 게 소원일 겁니다. 저분들의 입장에서는 그럴 수밖에 없지요."

"그런데 왜 민사에 참가하는 거지?"

"그래야 재수사를 요청할 수 있으니까요."

현재 저들의 사건은 대부분 가출로 되어 있다. 그런 만큼 아무리 저들이 나서서 외치고 항의하고 울어 봐야 수사해 줄 리 없다.

"하지만 민사에서 이기면 달라지지요."

민사에서 이겼을 때 받는 돈이 중요한 게 아니다. 민사에서 이긴 경우 그 결과를 바탕으로 경찰에 재수사를 요청할 수 있다는 점이 중요한 것이다.

"음…… 전에 있던 소송에서는 이렇게 많았던 것은 아닌 것 같은데."

남상주은 의외라는 듯 고개를 갸웃했다.

얼마 전 모 기업에 대한 손해배상이 진행된 적이 있었다. 물론 집단소송이었다. 그 당시 참가한 사람들은 고작 몇백 명이다. 그에 반해 피해자는 몇만 명이었다.

"아무래도 절박함이 다르니까요. 그쪽은 이겨 봐야 고작 몇십만 원인 데다 이긴다고 해도 특혜가 있는 것도 아니니까요."

"하긴 그렇지."

실제로 그들의 손해배상비는 한 명당 대략 50만 원 정도다. 그런데 거기서 다시 변호사비와 실비를 뺄 테니 소송을 한 사람들에게 실질적으로 돌아가는 돈은 그다지 많지 않다.

"하지만 이건 그런 것과는 비교할 수도 없습니다. 가족들이 달려 있으니까요."

"음……."

고작 50만 원이 없어서 사람이 죽는 경우는 없다. 하지만 실종된 가족들을 찾기 위해 모여든 사람들은 어떻게든 가족들을 찾으려고 한다. 심지어 몇몇은 그 괴로움을 있지 못하고 자살할 만큼 가족을 잃어버린 슬픔은 커다란 문제다.

"죽은 거면 차라리 포기하도 하지, 소식도 없이 사라진 사람들에 대한 걱정과 그리움은 사람을 좀먹지요."

"그렇기는 하지."

"그래서 이번 사건은 소송 당사자가 많을 수밖에 없습니다."

이 사건에서 이기면 그걸 핑계로 제대로 된 수사를 요구할 수 있으니까. 한번 소송에 져서 손해배상까지 한 경찰의 입장에서는 그 소송을 거부할 수가 없다.

"그러니까 이번에는 꼭 이겨야 하는 소송입니다."

"왠지 부담되는군."

"그렇지요. 아마 지금까지 한 소송 중에서 심적으로는 가장 부담이 되는 사건일 겁니다."

대부분의 사건은 돈과 억울함이 걸려 있는 사건이다. 하지만 이 사건은 아니다. 이 사건은 아직 포기하지 않은 사람들의 마지막 희망이자 포기하고 싶은 사람들에게는 확신을 줄 수밖에 없는 것이다.

"이렇게 피해자가 많은데……."

길게 줄이 서 있는 사람들. 그들은 그저 자신의 차례가 오기만을 기다리고 있었다.

"지난 몇십 년간 실종된 남자가 얼마나 될지는 아무도 모릅니다. 그리고 그들은…… 아마도 더 이상 찾을 수 없겠지요."

노형진은 그저 모여드는 사람들을 바라볼 뿐이었다.

⚖

"노 변호사님."

"네?"

"경찰청장님이 오셨는데요?"

"경찰청장?"

노형진은 경찰청장이 왔다는 말에 고개를 끄덕거렸다.

"송 대표님한테도 말씀드렸나요?"

"네, 바로 회의실로 오겠다고 하셨어요."

"알겠습니다."

이 상황에서 경찰서장이 새론을 찾아온 건 한 가지 목적일 수밖에 없다. 아직 소송이 시작되기 전이지만 소송을 막기 위해서다.

'하긴 자기들이 생각해도 말도 안 되는 규칙이지.'

상식적으로 말이 안 되는 규칙임에도 불구하고 유지했던 건 자신들이 편하게 일하기 위해서였다. 그런데 그게 문제가 되니 일단 소송을 막기 위해 움직인 것이다.

'전형적이군.'

노형진은 피식 웃으면서 회의실로 향했다.

그가 도착했을 때 회의실에는 송정한과 경찰청장인 학도림이 함께 있었다.

"반갑습니다."

"네, 반갑습니다."

이런저런 이야기가 진행된 뒤 학도림은 단도직입적으로 요구를 이야기했다.

"뭐, 다 아실 거라 생각하니 돌려 말하지 않겠습니다. 지금 준비하는 소송을 포기해 주십시오."

아주 대놓고 말하는 그였지만 노형진도, 송정한도 그다지 놀라지 않았다. 학도림이 말을 돌려 말하는 것에 능하지 않다는 것은 이미 알고 있으니까.

"그러면 지금까지 가출로 처리된 모든 실종 사건에 대한 수사를 재개하실 겁니까?"

지난 10년간 그런 식으로 처리된 사건이 5만 건이 넘는다. 한 해에 5천 건이다. 찾아오지 않은 사람도 있을 테니 한 해 5천 명이 넘는 남자들이 실종된다는 소리다.

"그건 곤란합니다."

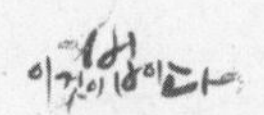

"곤란?"

"경찰의 행정력에는 한계가 있습니다. 아무래도 그 정도 시간을 수사하기 위해서는 인력의 증원이 필요한 부분도 있고 또……."

학도림은 사정을 이야기하려고 했다. 하지만 노형진은 그런 그의 말을 들어 주고 싶지 않았다.

"그러면 끝까지 법대로 가지요."

"뭐라고요?"

"법대로 해야지요. 안 그렇습니까?"

"지금 장난하십니까?"

"장난이 아닙니다. 그쪽에서 인력이 부족해서 일을 못 하는 거라면 손해배상이라도 받아서 흥신소라도 동원해야지. 안 그렇습니까?"

"그런 게 아니지 않습니까? 같은 사법 체계의 일부로서 협조를……."

"협조란 서로에게 이득이 될 때 하는 거죠."

과연 여기서 그들이 물러나면 경찰이 내부 규칙을 고쳐서 실종된 사람들에 대한 수사에 들어갈까?

그럴 리 없다.

"애초에 실종된 사람들을 수사하지 않은 건 경찰입니다. 남자라서 무조건 가출 처리한다? 도대체 무슨 쌍팔년도 규칙이에요? 조선 시대에도 그러진 않았습니다. 그건 규칙이 아니라 그냥 일하기 싫은 거잖아요."

"뭐라고요? 말이 심하십니다?"

"그러면 일하지 않는 이유가 뭡니까? 우리 의뢰인들이 납득할 만한 이유를 대 보시라니까요."

"그거야 인적 자원이 부족해서 그런 거 아닙니까?"

"남자는 뭐, 세금 안 냅니까?"

"그거야……."

남자도 세금을 낸다. 엄밀하게 말하면 대부분의 경우 남자가 여자보다 연봉이 많은 편이라 남자가 여자보다 세금을 더 많이 낸다.

"아무래도 남자는 자체 근력도 있고 또 저항도 가능하고……."

"남자는 무슨 용가리 통뼈예요? 칼로 쑤셔도 안 죽습니까?"

"……."

죽지 않을 리 없다. 도리어 그 특성상 강간 같은 특이한 경우를 제외하고는 남자도 여자 못지않게 강력 범죄에 희생양이 되는 경우가 많다.

"그런데 남자라서 보호해 주지 못하겠다는 게 말이나 됩니까? 일하기 싫은 거라면 말씀하시던가요."

"일하기 싫다는 게 아니라……."

"그럼 간단하지 않습니까? 내부 규칙을 고치세요. 그 후에 실종된 남자분들에 대해 수사하면 되겠네요."

"그건 좀 곤란하다니까요 인력이 부족해서 그럴 여건이 안

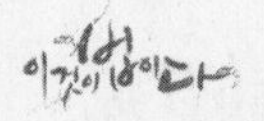

됩니다."

노형진은 피식 웃음이 나왔다. 듣고 있던 송정한까지 말도 안 되는 소리에 기가 막혀서 고개를 절레절레 흔들 정도였다.

"그러니까 일은 하기 싫은데 고소당하는 건 싫으니까 소송 취하해 달라 이거네요?"

"……."

비꼰 게 아니다. 정확한 말이다. 그래서 학도림도 뭐라고 반박할 수가 없었다.

"경찰도 국민의 안전을 위해 최대한 노력하고 있습니다."

"'남자를 빼고'겠지요."

"그건 아무래도 남자는 자체적으로 저항할 수 있는 힘도 있고……."

"뭐, 정신 나간 여자들한테 몸 로비라도 받으셨어요?"

"무슨 말을 그렇게 합니까!"

버럭 화내는 학도림. 하지만 다음 순간 노형진의 분노한 목소리에 찔끔하고 말았다.

"그럼 남자에 대한 실종을 거부하는 이유가 뭔지 말을 하세요! 말을! 인력이 없다는 개소리하지 마시고! 지금 우리가 장난하는 것 같아요?"

"……."

학도림은 말하지 않고 고개를 슬쩍 돌렸다. 결국 보다 못한 송정한이 전화기를 눌러서는 직원을 불러들였다.

"손님 나갑니다. 모셔 가세요."

"말 안 끝났습니다."

학도림이 발끈했지만 송정한은 그를 바라보면서 물었다.

"실종자에 대한 수사도 안 한다. 그렇다고 내부 규칙을 바꾸지도 못하겠다. 그런 상황에서 무슨 말이 통할 거라 생각합니까?"

"……."

"그쪽이랑 이야기해 봐야 별 소득은 없을 것 같으니까 가세요."

결국 직원에게 거의 끌려 나가다시피 해서 나가 버리는 학도림 청장을 보면서 송정한은 한숨을 쉬었다.

"도대체 이해를 못 하겠다. 도대체 왜 저러는 거야?"

"일하기 싫은 것뿐입니다."

"그런 단순한 이유로?"

"단순하지만 확실한 이유죠."

정신이 나가지 않은 이상 수사하지 말라고 할 여성 집단도 없다. 그렇다고 남자에 대해 수사하지 말라고 압력을 넣을 집단도 없다. 그럼에도 불구하고 수사하지 않은 이유는 간단하다. 귀찮으니까.

"이런 게 한두 번입니까?"

"하긴…… 부정은 못 하겠네."

경찰들은 귀찮은 사건은 수사하려 하지 않는다.

"하긴 여성 강간 사건도 수사하지 않으려고 하는 판국에 뭐든 하려고 하겠어?"

송정한은 얼굴을 찌푸렸다.

"연민주 사건 말씀이신가요?"

"그래, 우리가 그때 조금만 더 일찍 알았어도……."

연민주 사건은 나중에 알게 된 사건이다.

인터넷에서 어떤 여중생이 도움을 청하자 어떤 남자가 경찰에 신고했다. 그런데 경찰은 자기네 관할이 아니라는 식으로 접수를 거부해 결국 그 여중생은 변사체로 발견되었다는, 뻔하다면 뻔한 사건이었다.

'하긴…….'

언론에 조명되거나 이슈가 되거나 하면 마치 열심히 일하는 것처럼 굴지만 대부분의 사건에서 경찰은 그다지 열성적이지 않다.

'가끔은 채찍질도 필요한 법이지.'

그리고 노형진은 이번 사건이 충분한 채찍질이 될 거라 생각하고 있었다.

"이기는 건 어렵지 않다고 생각하는데 말이야……."

문제는 그 강도다. 과연 이 소송에서 이긴다고 저들이 과연 제대로 일할까? 공무원이라는 특성상 한 1년 정도는 그럴지도 모른다. 하지만 그 후에 다시 흐지부지되면서 다시 실종 접수를 하지 않을 가능성이 높다. 이기는 건 쉽지만 그 후에 과거로 돌아가지 않도록 하기 위해서는 특단의 조치가 필요하다.

"이번에 제대로 못을 박으려면 이슈화가 필요한데 말이지."

"언론 말씀이군요."

"그래."

첫 번째 계획은 좋았다. 언론을 통해 사람을 모으겠다는 노형진의 계획대로 수많은 사람이 모였다. 그런데 그 이후부터는 언론은 잠잠했다.

"위에서 막는 모양이야."

"그렇겠지요. 이런 건 이슈화되어 봐야 좋은 게 없으니까요."

전 정권의 잘못이든 전전 정권의 잘못이든 일단 욕은 현재 정권을 잡은 사람들이 먹게 되어 있다.

더군다나 이 문제는 수십 년을 쌓아 올린 고질적인 문제. 이게 터졌을 때 좋게 나올 수가 없으니 정부의 입장에서는 최대한 사건을 덮으려고 할 수밖에 없다.

"정부의 압력을 언론사가 두려워하지 않을 만큼 충격적인 사건이 있을까?"

"한 가지 길이 있기는 합니다."

"한 가지 길?"

"네, 누군가를 집중 공략하는 거죠."

"무슨 소리인가?"

"이런 걸 적극적으로 막는 사람일수록 이것에 이권이 달려 있는 사람이라는 뜻입니다. 그 부분을 공략하는 거죠."

"아!"

사람이라는 존재는 단순하다. 자신의 이권이 달려 있으면 당연히 막으려고 한다. 그렇다면 그 부분을 도리어 까발려서 언론 플레이에 이용하는 것이다. 이권을 위해 일하지 않고 남자들을 죽음으로 내몰고 있는 경찰이라는 식으로 말이다.

"하지만 이런 걸로 이권이 들어갈 게 있나?"

"인간은 똥을 치우는 일로 이권을 만드는 존재입니다."

"음……."

농담이 아니다. 조선 시대에 똥은 아주 중요한 거름이었다. 그리고 양반 가문의 똥은 잘 먹고 잘살아서 최고의 거름이었기 때문에 똥 치우는 사람들은 지금처럼 돈을 받고 퍼 가는 것이 아니라 허락을 받고 퍼 가고는 했다. 현대도 한 지역마다 정화조를 치우는 기업은 하나뿐이다.

"이권이라. 하지만 누구를 공략한단 말인가? 이런 걸로 이권을 챙길 만한 사람이 없어 보이는데."

"그러니까요. 사실 수사를 제대로 해도 이권에 손해 보는 것은 없지요. 그럼에도 불구하고 여기까지 온 사람이 한 명 있지 않습니까?"

"한 명?"

송정한은 고개를 돌려서 문 쪽을 바라보았다. 방금 전 사무실을 나간 사람, 학도림.

"생각해 보면 이상하기는 하네."

청장쯤 되는 사람이 그런 말을 하러 여기까지 온다는 것은 말이 안 된다.

더군다나 이런 경우는 그냥 '수사하겠습니다.'라는 한마디면 되는 일이다. 그런데 그걸 이런저런 핑계를 대면서 하지 못하겠다고 못을 박는 건 이상한 일이다.

"이권이 있으니까 나서는 것일 가능성이 높습니다."

"이권이라……."

노형진의 말에 송정한은 고개를 끄덕거렸다.

"그렇다면 한번 털어 볼까?"

"그렇지요. 일하기 싫다면 놀게 만들어 주면 되니까요."

얼마간의 시간이 지난 뒤, 노형진은 양복을 가다듬으면서 다음 재판을 준비하고 있었다.

"오늘 재판은 어렵지 않겠지요?"

"어렵지 않을 겁니다. 다만 정부가 상대라는 것이 문제지만요."

어떤 식으로 해석하든 경찰이 성인 남성의 실종 사건의 접수를 거부하는 것은 명백하게 불법이다. 헌법상의 평등권에도 위배되고 공무원법상의 업무 규칙에도 위배된다. 그러니 이런 사건은 누가 와서 하든 이기는 것이 당연했다.

"일단은 손 변호사님도 이번 사건을 잘 봐 두세요. 사건 자체는 무조건 이긴다고 할 수 있겠지만 사실 사건 자체만 보면 무척이나 큰 사건입니다."

"그렇지요."

"그러니까 이번 사건은 사람들의 반응 같은 걸 잘 봐야 합니다. 물론 정부에서 최대한 막고 있지만 아무리 막는다 해도 우리가 이겼다는 소식까지 막지는 못할 겁니다. 그런 경우에는……."

공동 출석하기로 한 손예은에게 큰 사건에서의 변호사의 행동에 대해 가르쳐 주고 싶었던 노형진은 이런저런 이야기를 하기 시작했다. 하지만 생각지도 못하게 그 실습의 기회는 빨리 찾아왔다.

"노 변호사님?"

다가오는 남자를 본 노형진은 손예은에게 설명하다가 고개를 갸웃했다.

"고문학 팀장님? 여기는 어쩐 일로 오셨습니까?"

상대는 다름 아닌 고문학이었다.

그는 정보 팀을 이끌면서 재판에 필요한 정보들을 모으는 일을 하고 있다. 그렇다 보니 그가 재판정에 직접 올 일은 거의 없다고 봐도 무방했다.

"문제가 좀 생겼습니다."

"문제?"

"네, 학도림을 따라다니던 팀에게서 연락이 끊어졌습니다."

노형진의 얼굴이 딱딱해졌다.

학도림. 얼마 전 그들을 찾아왔던 경찰청장으로, 다짜고짜 노형진에게 소송을 취하하라고 요구했다.

"그게 무슨 말씀이십니까? 소식이 끊어졌다니요?"

"말 그대로입니다. 연락이 되지 않습니다."

"경찰에 확인해 봤습니까?"

상대방은 경찰이다. 당연히 눈치가 빠른데, 다른 사람도 아닌 청장을 따라다니면 붙잡을 수밖에 없다.

"확인했습니다. 들어가지 않았더군요."

"음……."

아무리 민간 정보 팀이라지만 경찰 내부에 그 정도 사실을 확인할 만한 소식통은 있기 마련이다.

'그렇다면 경찰 내부에 들어가지는 않았다는 뜻인데.'

경찰에 잡혀 들어가지 않았다면 연락이 끊어질 이유는 없다.

"다만 마지막에 찝찝한 보고가 들어왔습니다."

"찝찝한 보고?"

"네, 학도림이 어떤 사람들을 만나는데 한국인 같지 않다는 겁니다."

"한국인 같지 않다?"

"중국 쪽인 것 같다고 하더군요."

노형진은 살짝 눈을 찡그렸다.

똑같은 동양인이지만 중국인과 일본인, 한국인은 미묘한 차이가 있다. 흑인이나 백인은 그 차이를 모르지만 세 나라 사람들은 그 미묘한 차이를 알아차린다.

더군다나 이들은 정보 팀. 눈치 빠르기로는 둘째가라면 서러운 사람들이다.

"중국인이다?"

"네."

경찰청장이 중국계 사람들을 만날 일이 뭐가 있겠는가?

그런데 그다음 말은 노형진의 예상을 살짝 빗나가는 것이었다.

"학도림이라는 사람 말입니다. 조사하다 알았는데 그 사람도 중국인입니다."

"네? 중국인요?"

"정확하게는 한국으로 귀화한 화교입니다."

"화교?"

"네."

노형진은 얼굴을 찌푸렸다.

그가 중국인이라서?

아니다. 그가 청장이라서 이상한 것이었다.

"하긴 학 씨가 흔한 성씨는 아니기는 합니다만…… 화교인 건 의외군요."

흔한 성씨는 아니라고 하지만 아예 없는 건 아니니 그건 그렇게 넘어갈 수도 있다. 문제는 그의 직위.

'영 찝찝한데.'

한국은 웃긴 나라다. 아래쪽에서는 세계화니 다문화니 하면서 마치 글로벌 국가인 것처럼 굴지만 상류층은 엄청난 순혈주의가 지배한다. 당장 부잣집에서 자녀가 결혼하는 대상이 한국인이 아닌 다른 나라 사람이면 난리가 난다.

사실 한국인이라고 해도 문제가 없는 건 아니다. 모 재벌가는 사위가 재벌가 사람이 아니라고 사람 취급도 안 해 주는 걸로 유명하니까.

'그런데 청장이 화교 출신 귀화인이라고?'

보여 주기식으로 하급 공무원은 시킬 수 있을지는 몰라도 상류층의 특성상 그런 사람들을 청장급까지 올리지는 않는다. 청장쯤 되면 상당이 고위 공직자이기 때문이다.

'그리고 보면 그 녀석이 그날 보여 준 행동도 이상해.'

다짜고짜 와서 단도직입적으로 말한 그의 모습은 그들이 아는 상위 계급 공직자의 모습이 아니었다.

상위 계급 공직자들이 그 자리에 올라가는 것은 능력이 아닌 정치 덕분이다. 소위 말하는 정치 놀음을 제대로 하지 못하면 그 자리에 가지 못한다.

'하지만 그렇게 노골적으로 요구하는 것은 정치 놀음이 아닌데?'

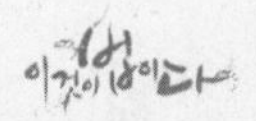

그런 사람이라면 문제가 되는 걸 피해서 슬쩍슬쩍 찌를 것이다. 그게 현실이다.

그런데 그는 당당하게 요구했다. 절대로 정치 놀음에 익숙한 사람이 아닌 것이다.

'그런데 어떻게 그 자리에 올라갔지?'

이상한 점이 생각나자 하나둘 꼬리를 물고 떠오르는 의심들.

"무언가 이상해요."

노형진은 직감적으로 일이 크게 잘못되고 있다는 사실을 알아차렸다.

"아무래도 제가 가 봐야겠군요."

"직접 말입니까? 하지만 변론이 바로 코앞인데요?"

노형진은 손예은을 물끄러미 바라보았다. 평소 감정을 드러내지 않는 손예은이라고 하지만 그런 시선의 목적을 모를 리 없었기에 깜짝 놀랐다.

"저보고 지금 대신하라는 건가요?"

"네, 어차피 이 사건의 공동 변호인이니 누가 가든 상관은 없습니다."

"하지만……."

지금 사람들이 기대하는 것은 다름 아닌 노형진이다. 경찰 역시 노형진이 나올 걸 대비해서 수많은 방어 전략을 구성했을 것이다.

"어차피 이 싸움은 이기는 싸움입니다."

"알지만……."

문제는 그 배상액을 얼마나 받느냐의 문제일 뿐이다.

노형진은 그녀의 어깨를 잡으면서 그녀를 안심시켰다.

"우리 의뢰인들이 요구하는 건 돈이 아닙니다."

의뢰인의 대다수는 돈이 아닌 제대로 된 수사를 원한다. 그래서 가족을 찾기를 찾지 못한다고 해도 하다못해 죽었다는 소식이라도 듣기를 원한다. 이건 그걸 위한 소송이다.

"이 소송에서 필요한 건 배상금의 액수가 아닌 당당하게 재수사를 요구할 수 있는 명분입니다."

"그렇지요."

"그에 반해 지금 사라진 사람들은 위험할 수도 있습니다."

만일 중국인들과 선이 닿아 있다면 위험할 수도 있다. 그렇다면 그들을 최대한 빨리 찾아야 한다.

'그리고 그건 내 능력이 필요한 일이야.'

사이코메트리를 사용한다면 충분히 그들을 찾을 수 있다. 그러니 한시라도 빨리 그가 움직여야 한다.

"그들을 실종 신고한다고 해서 경찰이 과연 도와줄까요?"

손예은은 갑자기 말이 막혔다.

안 그래도 남자 실종 사건을 모조리 가출로 처리하는 경찰이다. 그들에게 소송한 집단의 직원이 경찰청장을 감시하다가 실종되었다. 그런데 그들이 실종된 사람들을 찾기 위해 과연 열심히 수사할까?

'그럴 리 없지.'

수사는커녕 다시 가출로 처리하고 관심도 가지지 않을 게 뻔하다.

"이 사건은 이제 단순히 의뢰인만의 문제가 아닙니다. 우리 직원들, 우리 가족의 문제입니다."

손예은은 고개를 끄덕거렸다. 그들을 찾지 못한다면 과연 누가 새론을 위해 정보를 캐면서 일하려고 할까?

"이곳은 제가 알아서 하지요."

"하실 수 있지요?"

"네."

손예은은 담담하게 고개를 끄덕거렸다.

마음먹은 이상 그녀는 물러나거나 도망갈 사람은 아니었기에 노형진은 그녀에게 이곳을 맡기기로 했다.

"그럼 손 변호사는 여기서 싸워 주십시오. 전…… 우리 가족을 찾으러 가겠습니다."

그렇게 노형진은 사라진 사람들을 찾으러 법원을 떠났다.

"여긴가요?"

"네."

노형진이 간 곳은 오래된 빌딩 건축 현장이었다. 원래 건

설하던 곳이 망해서 공사가 멈춰 버린 폐건물.

"여기서 소식이 끊어졌다고요?"

"그렇습니다."

노형진은 얼굴을 찌푸렸다. 이곳을 아무리 봐도 한 가지 사실만 확인할 수 있었기 때문이다.

"함정에 빠졌군요."

"실수입니다……."

"이렇게 치밀하게 만든 거니 실수가 아닙니다. 누군지 모르지만 준비를 상당히 많이 했군요."

추적자가 갑자기 시외로 나가면 당연히 의심하게 될 거다. 그래서 시내로 들어온 것이다. 하지만 시내에 이런 공간이 있다고 누가 생각이나 하겠는가? 결과적으로 시내에 한복판에서 기습당할 수밖에 없었던 것이다.

"건물주를 확인해 봤습니다만……."

"아무것도 없었겠지요."

완성된 건물도 아니고 건물을 올리다가 회사가 망했으니 당연히 뭐가 있을 리 없다.

"이상하군요."

"그렇지요?"

바보가 아닌 이상에야 이런 곳으로 올 리 없다. 더군다나 그들은 정보 팀이다. 이런 쪽으로는 눈치가 100단이다.

"이쪽으로 올 리 없는데……."

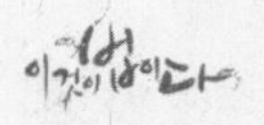

"그게 문제입니다. 설사 온다고 해도 무슨 이야기를 했을 텐데……."

"여기에 온 건 어떻게 아신 겁니까?"

"차량을 추적했습니다."

정해진 연락 시간이 되었음에도 불구하고 연락이 되지 않자 고문학이 차량에 설치된 위치 추적 장치를 원격으로 작동시켰는데 장치에 표시된 곳이 여기라는 것이다.

"이 주변의 다른 곳으로 갔을 가능성은?"

"없습니다."

"그렇겠지요."

주변을 둘러보는 노형진.

이곳이 공사하다가 망해서 비었다고 하지만 엄청나게 시끄러운 유흥가다.

"움직일 이유가 있을 텐데 그걸 찾지 못하겠습니다."

이미 다른 팀원들이 주변 가게나 모텔 등지를 뒤지고 다녔지만 그들의 모습을 찾을 수가 없었다.

"그 와중에 발견된 게 이거라는 거군요."

"네."

공사 현장으로 들어가는 철조망이 휘어진 모습.

잘 보이진 않지만 그 앞에서 익숙한 신발 자국이 발견되었다.

"음……."

"저희는 도무지 찾을 수가 없습니다만."

하고 싶은 말이 있는지 지그시 노형진을 바라보는 고문학.

"변호사님이라면 찾을 수 있을지 않을까 생각이 들더군요."

어쩌면 그는 노형진에게 어떤 능력이 있다는 사실을 알고 있을지도 모른다. 아니, 그럴 가능성이 높다. 그는 정보 쪽 일을 하는 사람이고 노형진이 전혀 생각지도 못한 정보를 가끔 가지고 온다는 것을 알고 있으니 말이다. 그건 그들도 찾지 못하는 것이었다.

"일단은…… 안으로 들어가 봐야겠군요."

노형진은 대답하는 대신에 휘어진 철조망으로 향했다.

'일단은 기억을 읽어 보는 게 중요하겠어.'

자신의 능력을 고문학은 모른다. 그런 만큼 섣불리 된다고 말할 수는 없다.

"이곳으로 들어갔단 말이지요."

"아마도요. 정문 쪽은 막혀 있으니까요."

노형진은 그 안으로 들어가기 위해 철조망을 손으로 당겼다. 사실 그럴 필요는 없을 만큼 충분한 공간이 있기는 했지만 그런 것은 혹시 모를 기억을 읽기 위해서였다.

'역시.'

그리고 머릿속을 스치고 지나가는 찰나의 기억.

그 기억 속에서 두 남자가 다급한 표정으로 그 안으로 파고들고 있었다.

'도대체 왜?'

그 두 사람은 노형진도 익히 아는 사람이었다. 바로 정보 팀이었던 것이다.

'이런 짓을 하면 안 된다는 것쯤은 알 텐데?'

정보 팀은 불법과 합법 사이에 걸쳐 있는 일을 한다. 당연히 비밀을 감추고 싶어 하는 인간들에게는 위협이 될 수 있어 그 인간들이 위험한 행동을 할 수도 있기에 사전에 이야기도 하지 않고 움직이는 것은 위험하다.

"노 변호사님?"

"아닙니다. 일단 들어가서 상황을 확인해 보지요."

노형진이 안으로 들어가자 먼저 들어간 많은 사람들이 그곳을 확인하고 있는 것이 보였다.

"특별한 건 없습니까?"

"네."

텅 비어 버린 건물. 아무것도 없는 공간에서 정보 팀원들은 이것저것 뒤지기는 하지만 마땅히 좋은 정보는 보이지 않았다.

"솔직히 곤혹스럽습니다."

다른 팀을 이끌던 남자는 주변을 살피다가 다가와서 입을 열었다.

"무슨 정보가 있는 것도 아니고 카메라 같은 것도 없고."

"이 건물을 지키는 사람도 없나요?"

"네."

하긴 기업 자체가 망했으니 경비원을 배치할 사람이 있겠는가?

"쓰레기만 가득합니다."

"음……."

실제로 그 건물 안에는 쓰레기로 가득했다. 여기저기에 흩어진 술병과 불을 피운 듯한 흔적, 어디서 가지고 온 것인지 모를 더러운 이불 같은 것들.

"아무래도 노숙자나 가출한 애들이 아지트로 쓰는 모양입니다."

"그런 모양이군요."

누구도 들어오지 않는 공간이고 관리도 안 된다. 미완성이라고 하지만 비와 바람을 피할 수 있는 곳인 만큼 그런 사람들이 들어와도 이상할 것은 없다.

"도대체 어디로 간 걸까요?"

노형진은 이런저런 생각을 하다가 이불을 바라보았다. 그러고는 킁킁 냄새를 맡았다.

"뭐하십니까, 그 더러운 걸?"

"네, 무척 더럽군요."

얼굴을 찡그리면서 이불에서 몸을 떼는 노형진.

"그게 이상한 겁니다."

"네?"

"아무리 노숙자들이 쓰는 곳이라고 하지만 너무 더러워

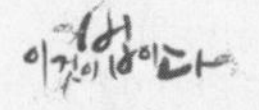

요. 아무리 사람이 막 살아도 이 정도는 아닙니다."

최소한의 삶의 규칙이라는 것이 있다. 비록 이불을 빨 수 없는 상황이기는 하지만 아무리 사람이 막 산다고 해도 이렇게 똥냄새가 나는 이불을 쓰지는 않는다.

"더군다나 여기는 물도 나오는군요."

"물요?"

"네, 아까 봤습니다."

노형진은 구석에 있는 수돗가로 가서는 수도꼭지를 틀자 콸콸 물이 나오기 시작했다.

"아마도 공사를 하기 위해서 연결해 둔 걸 잠그지 않은 것이겠지요."

상식적으로 당장 망해서 아무것도 없는 곳에 물을 잠글 정도로 차분하게 마무리할 리 없다. 물론 정부에서 나와서 잠글 수도 있겠지만 그다지 많이 쓰는 것도 아닌 데다가 산업용으로 연결되었으니 비용도 얼마 안 되었을 것이다.

'그런 곳에 위험하게 공무원들이 들어와서 끊으려고 할 리 없지.'

딱 봐서 미완성인 것 같으면 그냥 가 버릴 테니까.

"그러니까 이렇게 더러운 걸 그냥 쓴다는 건 말도 안 됩니다. 더군다나 얼마 전까지는 여름이었잖습니까?"

밤에 그렇게 더운데 이불을 덮는다는 것도 이상하다. 설령 이불이 있다고 해도 그런 여름 날씨에 한번 빠는 건 어려운 게 아니다.

“무슨 말씀이신지요?”

“이 이불은 생각보다 오래된 흔적이라는 거지요.”

이불 자체는 여기 있는 게 맞지만 이 이불은 사용된 지 오래된 물건이라는 뜻이다.

“그게 무슨 관계가 있다는 건지?”

“아까 여기는 노숙자나 가출한 애들의 아지트라고 하셨지요?”

“네.”

“근데 그 애들은 어디 있습니까?”

“네?”

“이제 가을이라 밤이면 제법 쌀쌀합니다. 그런데 그런 사람들이 오는 거 보셨습니까?”

“아!”

여기서 확인하고 있었지만 그런 사람들은 오지 않았다.

“그리고 이상한 게 있더군요.”

“어떤 거요?”

“이리 와 보세요. 저도 들어오면서 스쳐 지나갈 때 본 거라 확실하게 해야 해서요.”

노형진은 힐끗 본 곳으로 향했다. 그곳은 다름 아닌 목욕탕이었다.

아무것도 없는 목욕탕. 그곳을 확인하는 노형진의 모습에 다들 고개를 갸웃했다.

"아무것도 없는데요?"

"네."

"이게 뭐가 이상하다는 건지?"

텅 빈 공간에 욕조나 세면대도 없다. 변기도 없다.

"아무것도 없는데 타일 처리가 되어 있으니까요."

"네?"

"제가 과거에 잠깐 노가다를 해 본 적이 있습니다. 뭐, 잡부였습니다만."

물론 그건 회귀 전의 일이다. 하지만 그 덕분에 어느 정도 일의 순서는 기억하고 있었다.

"일반적으로 타일을 붙이는 것은 욕조를 들이고 세면대를 고정하고 나서 합니다. 그래야 공사 중에 타일에 시멘트가 묻지 않죠. 더군다나 이렇게 모든 공간에 다 타일을 바르지는 않습니다."

어차피 그런 물건들을 붙이기 위해서는 또 타일을 들어내야 하는데 그런 것도 말도 안 되는 일이다.

"그러고 보니 그러네요. 저도 어려서 알바를 한 적이 있는데 그때와는 다르군요."

누군가 나서서 주변을 확인했다. 하얀색으로 깔끔하게 타일이 발린 공간.

"아까 재도 마찬가지예요. 재가 너무 눅눅하지 않습니까?"

"음……."

"요 근래에 비가 오지 않았지요?"

"너무 가물다고 난리였죠."

"그런데 왜 그렇게 오래되어 보일까요?"

누군가 물을 부어서 끈 것일까? 그건 아니다. 물을 부어서 끈 거라면 그에 맞는 흔적이 남게 된다. 하지만 남아 있는 재는 공기 중의 수분을 흡수해서 눅눅해진 상태.

"그렇다면?"

"제 생각에는 여기 있는 건 오래된 흔적들인 것 같군요."

"오래된 흔적들?"

"네, 아무래도 뭔가 이상합니다. 주변 노숙자들이나 가출 청소년들에게 확인 좀 부탁드립니다."

고문학은 고개를 끄덕거리면서 주변에게 바로 명령을 내렸다. 그러자 그 말을 들은 사람들은 재빨리 바깥으로 나가기 시작했다

'사람들을 찾는 건 어렵지는 않을 거야.'

이 주변에는 역도 있어서 노숙자들을 찾는 것은 어려운 일은 아닐 것이다. 더군다나 가출한 청소년들 역시 이런 화려한 곳을 찾아오는 일이 많다. 그래야 범죄에서 나름 안전해지기 때문이다.

"도대체 무슨 일이 벌어지는 것일까요?"

"글쎄요……. 일단 이곳을 정리해 봐야겠군요."

"정리?"

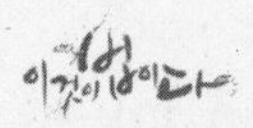

"여기 있는 물건을 정리하는 것입니다. 여기가 있을 만한 물건과 어색한 물건을 말이죠."

그러다 보면 뭔가가 남기 마련이다.

"현장을 수사하는 가장 기본적인 기법입니다. 일단은 덩치가 큰 이불 같은 것부터 해 보죠."

노형진의 지휘하에 사람들이 일사불란하게 물건을 불리하기 시작했다. 노숙자가 쓸 만한 물건과 쓰지 않을 만한 물건, 뭔지 모를 물건들을 하나씩 정리하다 보니 조금씩 흔적이 드러나기 시작했다.

"이게 뭐죠?"

그중에서 문제가 된 것은 길쭉한 플라스틱이었다. 속이 비어 있는 형태의 플라스틱. 그것이 몇 개가 발견되었는데 그게 뭔지 아는 사람이 없었다.

"저건?"

"아십니까?"

"주삿바늘 뚜껑입니다."

"주삿바늘 뚜껑요?"

"네, 일반인들은 볼 일이 없는 물건이니 잘 모르는 것도 이해가 갑니다."

주삿바늘은 날카롭다.

그래서 포장할 때는 그걸 어떻게 해서든 보호해야 한다. 약한 데다가 가늘고 날카롭다 보니 무조건 포장을 뚫고 나오니까.

만약 그렇게 뚫고 나오면 오염되어 쓰지 못하게 된다.

"이상하군요. 여기서 주삿바늘 뚜껑이 나오다니."

노형진은 그 주변을 둘러봤다.

아무런 흔적도 없는 공간. 주삿바늘이 있을 만한 공간이 아니다.

"혹시 당뇨 환자가 들고 다닐까요? 아니면 마약쟁이가?"

"당뇨 환자가 들고 여기에 올 리가 있나? 마약쟁이라면 모를까. 그런데 이런 곳에서 마약 하고 싶겠어? 마약이라고 하면 그거 맞고 클럽 같은 데서 놀고 싶어 할 텐데?"

두런두런 이야기하는 사람들.

노형진은 그걸 보고 오만상을 다 찌푸렸다.

"왜 그러십니까?"

"아니요……. 아까부터 걸리는 게 있어서요."

"걸리는 거라니요?"

"저 목욕탕 말입니다."

이상하게 깔끔하게 되어 있는 목욕탕이다. 다들 그저 이상하다고 생각만 하고 있었지만 노형진은 영 찝찝함을 감출 수가 없었다.

'아니길 바라는데…… 무리겠지?'

노형진이 이렇게 고민하는 것은 목욕탕이 회귀 전 미국에서 봤던 불법 수술실과 비슷하게 되어 있었기 때문이다. 타일은 흔적을 닦아 내기에도 좋고 청소하기에도 좋다. 그래서 많은 불법 수술실에서 타일을 쓴다.

'하지만.'

문제는 여기는 한국이라는 것.

한국은 미국처럼 수술비가 터무니없이 비싼 나라가 아니다. 의료보험 체계가 잘되어 있다 보니 불법 수술을 하는 놈들을 찾아다니면서 진료받을 이유가 없다.

"일단 계속 흔적을 찾아보세요. 이번에는 수술용으로 쓸 만한 물건에 집중해 봅시다."

"수술용요?"

"네."

노형진의 뜬금없는 말에 고개를 갸웃하는 사람들.

하지만 일단은 노형진이 시키는 대로 병원에서 쓸 만한 물건들을 찾기 시작했는데 의외로 나오는 것이 많았다.

"이건 뭡니까?"

"고무장갑 아냐?"

수술실에서 쓰는 라텍스 장갑이나 바늘과 주사기 등 많지는 않지만 가끔 현장과는 전혀 어울리지 않는 물건들이 쓰레기 속에서 나오기 시작했다. 그러자 노형진의 얼굴은 점점 더 어두워졌다.

"확인하고 왔습니다."

그때 들어오는 사람들.

그들은 주변을 돌아보면서 노숙자들이나 가출한 애들한테서 이곳에 대한 이야기를 듣기 위해 나간 사람들이었다.

"뭐라던가요?"

"의외던데요? 이곳은 안 쓴답니다."

"안 쓴다?"

"네, 중국인들이 와서 자신들을 두들겨 패고 쫓아낸 뒤로는 접근도 안 한답니다."

"두들겨 팼다고요?"

"네, 그들의 말로는 자기네들이 샀다고 했다는데요? 몇 명이 멋모르고 접근했다가 두들겨 맞고 나온 후로 여기에는 접근하지 않는다네요."

"그래요?"

노형진은 고개를 들어서 천장을 바라보았다.

"확실히 투자처로는 나쁘지 않은데……."

위치는 좋다. 바로 코앞에 역이 있고 주변은 번화가다. 도시 자체도 수도권이고 말이다. 즉, 투자를 위해서 산 거라면 나쁘지 않은 선택이다.

"다만 이걸 사고 그냥 둘 리 없다는 건데……."

상식적으로 누군가 샀다면 바로 공사에 들어가야 정상이다. 그런데 이곳은 제대로 공사가 들어가지 않았다.

애초에 누군가 샀다면 경비원을 배치해야 한다. 그런데 단 한 명도 없고 청소도 잘되어 있지 않다.

'그리고 안에 들어온 후에 실종된 직원들 문제도 그렇고…….'

그때도 여기가 비어 있었다면 두 직원이 들어올 이유가 없다. 설사 들어왔다고 해도 사라질 이유도 없다.

"뭐가 그렇게 고민이 많으십니까?"

노형진의 얼굴이 점점 어두워지는 걸 본 고문학은 직감적으로 일이 잘못되고 있다는 것을 알아차렸다. 노형진은 어지간하면 이렇게 어두운 얼굴을 하지 않았기 때문이다

"확실하지는 않습니다만……."

"확실하지는 않다?"

"네…… 잠시만요……."

노형진은 한숨을 쉬더니 다시 목욕탕으로 향했다.

'최악이라면…….'

최악의 상황이라면 하나뿐이다. 그리고 그게 맞다면 지금 벌어지는 모든 일이 말이 된다.

'그렇지 않기를 바라지만.'

노형진은 화장실의 벽에 손을 대고 눈을 감았다. 그러고는 깊은 한숨을 쉬면서 정신을 집중했다.

'이번에는…….'

지난번에는 이런 상황에서 기억을 읽었을 때 하마터면 죽을 뻔했다. 이번에도 그럴 수도 있지만 다른 사람들의 희생을 막기 위해서는 어쩔 수 없었다.

'잠깐만…… 잠깐만 보자.'

노형진은 최대한 마음을 가다듬어서 정신을 집중해서 필요 이상의 정보가 들어오지 않게 하고는 기억을 읽기 시작했다. 그러나 채 3분도 되지 않아서 휘청거렸다.

“노 변호사님!”

그런 그를 보고 달려오는 고문학.

노형진은 비틀거리다가 가까스로 벽에 기댔다.

“어떻게 되신 겁니까?”

“후우, 그냥 약간 어지러웠던 것뿐입니다.”

그렇게 말했지만 노형진의 시커먼 얼굴은 결코 그게 아니라는 것을 말하고 있었다.

“도대체 무슨 일이 벌어진 겁니까?”

고문학의 말에 노형진은 그를 바라보았다. 그의 질문이 과거에 여기서 벌어진 일에 대한 건지, 지금 노형진에게 벌어진 일에 대한 건지 알 수 없었기 때문이다.

‘어쩌면…….’

그는 어쩌면 알아차릴지 모른다. 그는 정보를 다루는 사람이고 조금만 조사하면 그 능력에 대해서 알 수도 있으니까.

‘그래, 그 문제는 나중에 생각하자.’

기억이 맞다면 이 문제는 심각한 문제다.

“아무래도 여기는 수술장 같습니다.”

“수술장요?”

“네.”

"여기서 무슨 수술을 한다는 겁니까? 여긴 병원도 아닌……."

그 순간 고문학의 표정이 딱딱해졌다.

이런 곳에서 할 수 있는 수술은 단 하나뿐이다. 그리고 그게 사실이라면 그건 엄청나게 심각한 문제가 된다. 자신들에게 연락도 못 하고 다급하게 사라진 두 사람에 대해서도 말이다.

"설마…… 제가 생각하는 그런 겁니까?"

"네……."

고문학의 얼굴이 사정없이 일그러지기 시작했다.

몸은 생각보다 비싸다

“확인했습니다. 깔끔하게 처리한다고 했지만 빠진 곳이 있더군요. 혈흔 반응입니다.”

고문학이 서류를 던지자 그 안에서 좌악 흘러나오는 사진들. 어두운 공간에서 빛나는 다른 형광물질이 여기저기서 모습을 드러내고 있었다. 영화에서 많이 나오는 일종의 혈흔 반응이다. 검사 용액을 뿌리고 불을 끈 뒤 자외선을 비추면 이런 식으로 빛나는 것이다.

“꿀꺽…….”

사람들은 그걸 집어 들고는 침을 삼켰다. 생각보다 그 공간이 넓었기 때문이다.

“도대체 이게 무슨 일인가? 응? 이게 도대체 일이 어떻게 되어 가는 거야?"

송정한은 정신을 차릴 수가 없었다.

처음에는 단순히 배에 잡혀 있는 사람들을 구하기 위해서 움직였다. 그래서 수많은 멍텅구리 배에 잡혀 있는 사람들을 구했는데, 그 과정에서 경찰이 그들이 납치된 걸 수사하는 게 귀찮아서 조사하지 않았다는 사실을 알고 그들에게 배상해 주고 실종된 수많은 사람들을 찾게 하기 위해 경찰을 압박할 목적으로 손해배상을 시작했다. 그리고 그 약점을 잡기 위해 경찰청장을 미행하게 했다. 그런데 점점 일이 무식하게 커져 가고 있었다.

"그 소문이 사실인가 보군요."

"소문? 무슨 소문?"

"중국 조직이 한국에 들어와 있다는 소문 말입니다."

"아니? 왜!"

한국은 치안이 잘되어 있다. 그런데 중국 조직들이 왜 한국으로 들어온단 말인가?

"치안이 잘되어 있는 건 국민성 때문이지, 정부가 일을 잘해서가 아닙니다. 사실 그렇기 때문에 들어오기 쉽죠."

노형진은 시중에 떠도는 소문을 듣고는 비웃음을 날렸다. 하지만 생각해 보면 모든 것이 맞아떨어진다.

"한국은 중국 쪽 조직들이 일하기에 무척 좋은 환경을 가지고 있습니다."

자신들과 대적할 만큼 큰 조직이 있는 것도, 처벌이 강한 것도 아니다. 그리고 이번 사건의 발단이 되었던 남자에 대한 사건 접수 거부는 실질적으로 사건 자체가 없어지게 만드는 데에 큰 도움이 된다.

"그러니까 우리나라에서 장기 밀매를 한다는 거야?"

"장기라……. 인간이 죽으면 그 가치가 얼마인 것 같습니까?"

"응?"

"사람들은 장기를 생각하면 고작해야 심장이나 눈, 콩팥 등을 생각합니다. 하지만 인간의 가격은 무척이나 높습니다."

피부는 화상 환자에게 가고 혈관은 연구용으로 사용된다. 잔인하지만 진짜 머리에서 발끝까지 돈이 되는 게 바로 인간이다.

"20억. 그게 미국 FBI가 추정한 밀매된 인간의 가치입니다."

송정한은 침을 꿀꺽 삼켰다.

20억. 어마어마한 가치를 가지는 셈이다.

"하지만 중국은 인구가 더 많잖아?"

애써 부정하고 싶은 남상주는 심각한 얼굴로 반박했다. 하지만 노형진은 고개를 흔들었다.

"확실히 많지요. 하지만 반대로 그들은 사건 자체는 성립합니다. 더군다나 중국은 영양 상태가 한국 사람처럼 좋지 않아요."

"아무리 그래도……."

"그리고 처벌도 문제입니다. 한국은 사실상 사형 폐지 국가입니다. 무슨 짓을 하든 죽지 않지요. 중국의 감옥에 비하면 거의 리조트 수준이고요."

"그건 그런데……."

문제는 그것만이 아니다. 중국에서 사형수의 장기를 매매하는 것은 공공연한 비밀이다. 실제로도 인간의 시체를 전시하는 전시회인 사람의 신비전 같은 경우는 대부분의 시체를 중국에서 받아 왔다는 것이 이미 밝혀졌다.

'심지어 정치인의 내연녀까지 그 안에 있다는 소문이 있지.'

확실한 건 정작 사람을 해체해서 파는 놈들이 자신들은 그 꼴이 되기 싫어한다는 것이다.

"그리고 결정적으로 한국은 공식적으로 한국 내에서 장기매매나 식인 사건을 인정하지 않습니다."

이는 결국 모든 사건이 단순 살인으로 치부된다는 뜻이다. 단순 살인의 경우 일반적으로 길어 봐야 30년 정도이다.

"사건 성립도 안 되고 영양 상태도 좋고 잡혀도 안 죽고 심지어 버티면 나올 수 있는 곳이 한국인데 어디서 사건을 벌이겠습니까?"

"음……."

영양 상태가 좋지 못하다면 수술을 해도 장기가 버티지 못할 가능성이 있다. 그런 만큼 어느 정도 세력이 있는 집단에게는 한국이 군침 도는 영역일 수밖에 없다.

“그런 말이 있었나?”

“저도 말도 안 되는 소리라고 비웃었습니다. 솔직히…….”

지금까지 드러난 적도, 관련 이야기가 나온 적도 없다. 그렇기 때문에 그저 인터넷에서 도는 뜬소문 같은 거라 생각했다. 하지만 당장 눈앞에 그 증거가 나타났다.

“그럼 직원들이 사라진 건?”

“아마도 그걸 봤겠지요.”

그들은 어떤 식으로든 사람이 납치되는 것을 발견했을 가능성이 높다. 그 상황에서 그들은 그를 구하기 위해서 무리하게 안으로 들어갔을 것이다. 그런데 아마도 안에 사람이 더 있었을 테고, 그들에게 제압당했을 가능성이 높다.

“그런데 왜 하필이면 그 사건이 청장을 따라다닐 때 터진 거야?”

그 부분이 이상한 일이다. 청장은 경찰이고 이건 범죄다. 그런데 청장을 추적하다가 그 사건과 부딪친다? 그건 말도 안 되는 우연이다. 그렇다고 경찰청장이 일선에서 일하는 외근직도 아니지 않은가.

“글쎄요……. 갑자기 영화 하나가 생각나네요.”

“영화?”

“〈지옥도〉라고 아시죠?”

“〈지옥도〉? 끄응…….”

〈지옥도〉란 중국의 영화 중 하나인데 경찰의 내부 정보를 캐내기 위해 심은 조직의 첩자와 조직의 정보를 캐내기 위해 심은 경찰의 첩자의 대립을 그린 영화다.

"상대 조직에 스파이를 심는 건 흔한 일이니까요."

"망할……."

더군다나 중국의 조직들이 여기저기에 스파이를 심는 것은 공공연한 비밀이다.

"그런 식으로 보면 학도림이 그런 성격으로 그렇게 빠르게 치고 올라가는 것도 어려운 건 아닙니다."

"그렇겠지."

중국 조직들의 규모는 상상 이상으로 크다. 당연히 엄청난 자금을 동원할 수 있고, 그 자금이면 부패한 조직에 파고드는 건 어려운 게 아니다.

"더군다나 우리나라 같은 구조는 파고들기 쉽지요."

승진이 상부 몇 명의 결정으로 결정되는 구조에서는 뇌물을 쓰는 것은 어려운 일이 아니다. 오히려 그들이 한국에 누군가를 박으려고 하는 건 상식이다.

"설마 그 청장이 그걸 알고 모든 것을 준비한 거라 생각한가?"

"그건 아닐 겁니다."

경찰이 남자 실종 사건을 수사하지 않는 것은 오래된 악습이다. 그리고 단순히 청장 한 명의 힘으로 그런 걸 만들었다고 보기에는 무리가 있는 게 사실이다.

"아마도 중국에서 한국으로 진출하는 과정에서 그 사실을 알았을 겁니다."

요즘 중국 조직은 한국으로 활발하게 진출하려 하고 있다. 그런 상황에서 우연인지 아니면 누가 알려 준 건지 알 수 없지만 한국 경찰은 남자에 대한 사건 접수를 거부한다는 사실을 알았을 것이다. 그들은 그 사실을 자신들에게 유리하게 쓸 수 있는 방법을 찾으려고 했을 것이다.

"아무래도 중국 쪽 조직은 한국 쪽 조직들과 많이 다르니까요."

한국의 조직 폭력 조직은 이제야 음지에서 벗어나 양지로 나오려고 하고 있다. 그나마도 건축이나 주류 등 과거의 코스에서 많이 벗어난 것은 아니다. 그에 반해 중국 쪽이나 일본 쪽 폭력 조직들은 이제는 기업의 형태를 가지고 있다.

"그들 아래에 과거 청계와 같은 일을 하는 변호사가 있다고 해도 이상할 건 없습니다. 도리어 없는 게 이상할 겁니다."

"음……."

그런 자들이 있다면 이런 식의 일을 꾸미는 것은 어려운 일이 아닐 것이다.

"그럼 어쩌지?"

"일단은…… 우리 사람들을 찾아야지요. 그러고 보니 재판은 어떻게 된 겁니까?"

"어렵지 않았네."

하긴 워낙 배임의 증거가 넘쳤다. 내부 규칙이라고 하지만 내부 규칙이 법 자체를 무력화시키는 걸 헌법은 인정하지 않기 때문에 결국 경찰이 질 수밖에 없는 싸움이다.

"설마……."

문득 무슨 생각을 한 건지 얼굴이 파래지는 송정한.

노형진은 그의 생각을 알고는 침울하게 고개를 끄덕거렸다.

"없다고는 말 못 하겠습니다."

자신들에게 사건을 맡긴 수많은 사람들. 그중에는 가출할 이유도 없는 사람들이 무척이나 많다. 퇴근한다고 연락하거나 잠깐 나갔다가 온다고 말하고 나간 뒤 실종된 사람들도 상당했다.

그런데 그들의 공통점은 건장한 사내라는 것이다. 범죄자들과 싸울 수 있기 때문에 수사조차 할 필요 없다고, 무조건 가출이라고 했던 사람들.

"후우."

"재판도 중요합니다. 아니, 이 사건을 해결하면 재판은 확정적으로 끝난 것이 되겠군요."

이 사건을 해결하면 아마 재판정은 뒤집힐 것이다. 이건 정부에서 압력을 넣는 걸로 덮을 수 있는 사건이 아니다.

"그럼 어떻게 해야 할까?……."

노형진은 곰곰이 생각에 빠졌다.

'길은 막혀 있어.'

노형진은 그날 이후 그 장소에서 계속 기억을 읽었지만 마땅히 적당한 기억을 찾아내지 못했다. 차량 번호를 알아내기는 했지만 아니나 다를까, 그 차량은 대포차였다.

"현재로써는 그들을 찾을 수 있는 게 없습니다."

"그럼?"

"하지만 그들과 연결된 한 사람을 알고 있지요."

"누구……? 아!"

학도림. 그는 경찰이지만 그들과 선이 닿아 있는 사람이다. 팀원들이 그를 추적하다가 그 중국 조직을 만났다는 것 자체가 가장 확실한 증거다.

"그 녀석을 한번 뒤흔들어 보죠."

"경계하고 있을 텐데?"

"그러니까 뒤흔들어 보자는 겁니다. 누군가 자신들을 추적하고 있을 거라는 사실을 알고 있을 겁니다. 그렇다면 그 배경이 누군지 알고 싶겠지요."

이미 팀원들이 말했을 수도 있다. 하지만 그건 상관없다. 학도림을 공격하면 그는 상황을 벗어나기 위해서 어떤 식으로든 조직과 접촉해야 한다.

'그렇지 않다면 직접적으로 기억을 읽는 것도 방법이지.'

그렇게 하기 위해서는 고생을 좀 해 봐야겠지만 말이다.

"좋네."

송정한은 고개를 끄덕거렸다.

"가끔은 재판 자체도 도구일 때가 있는 법이니까. 그 녀석을 흔들어 보세."

"아마 머리 좀 아플 겁니다. 후후후."

그렇게 학도림의 앞에 검은 그림자가 드리우기 시작했다.

⚖

"친애하는 재판장님."

노형진은 바로 재판에 복귀했다. 그러고는 힐끗 고개를 돌려서 방청석에 앉아 있는 학도림을 바라보았다.

'아직은 모르는 모양이군.'

눈치를 봐서는 자신들에 대한 경계를 하거나 의심의 눈빛을 보내지 않고 있다.

'그렇다면 아직 우리 팀원들이 말하지 않았다는 뜻일 거야.'

그렇다면 그들이 살아 있을 가능성이 높다. 그들을 구하기 위해서는 더욱 빠르게 움직여야 한다는 생각에 노형진은 마음을 가다듬으면서 천천히 입을 열었다.

"사전에 신청했던 대로 학도림 청장을 증인으로 신청합니다."

학도림은 다른 사건들과 다르게 사건 당사자가 아니기 때문에 따로 나오게 하기 위해서는 미리 증인으로 신청해야만 했다. 그래서 그가 와 있는 것이고 말이다.

'하지만 그건 그것대로 문제가 있지.'

미리 증인으로 연락받고 온다는 것. 그건 미리 준비할 시간이 있다는 뜻이기도 했다. 아마도 경찰 쪽에서는 학도림에게 여러 가지 답변을 미리 준비하도록 시켰을 가능성이 높다.

"증인, 앞으로 나와서 선서하세요."

"네."

정복을 입은 학도림은 앞으로 나와서는 법전에 손을 올리고 선서한 뒤 자리에 앉았다. 경찰인 만큼 증인으로 몇 번이나 출석한 경험이 있기 때문에 그다지 긴장하지는 않았다.

'하긴 평생을 가면을 쓰고 돌아다녔을 테니.'

노형진이 봤을 때 그는 분명 중국의 조직에서 심어 둔 스파이였다. 그런 그가 평생을 가면을 쓰고 경찰이라는 조직에서 살아왔으니 이런 자리에서 가면을 쓰는 게 어려운 일은 아닐 것이다.

"원고 측, 질문하세요."

노형진이 앞으로 나서자 학도림은 무심한 눈빛으로 노형진을 바라보았다. 마치 아무것도 모른다는 눈빛이었다.

'그렇게 나온다 이거지?'

그는 그렇게 보이고 싶어 하겠지만 노형진은 그런 인간을 상대해 본 게 처음은 아니었다.

'이런 인간은 돌려 말해 봐야 모른 척하겠지.'

그럴 때는 차라리 정곡을 찌르는 것이 정답이다. 그것도 아주 예민한 부분을 말이다.

"학도림 청장님."

"네."

"학도림 청장님은 중국인이죠?"

"아닙니다."

"아, 정정하겠습니다. 학도림 청장님은 한국으로 귀화한 중국인이죠. 맞습니까?"

"네, 맞습니다."

"혼자 귀화하셨지요?"

"네."

"그럼 가족은 누가 부양하고 있습니까? 기록에 따르면 청장님은 외동아들이던데요?"

그 순간 학도림의 눈빛이 격하게 흔들리기 시작했다. 생각하지 못한 질문이었기 때문이다.

'그렇지.'

경찰에서 성공한 그가 배신하지 말라는 법은 없다.

더군다나 청장이면 한국 내부에서도 높은 자리. 그가 배신할 확률은 더욱 높아진다. 그런 그를 제어할 수 있는 가장 확실한 카드. 그건 다름 아닌 인질이었다.

"그건……."

"얼마 전에 저희 변호사 팀이 중국으로 가서 학도림 청장님의 가족들을 만났습니다. 무척이나 좋은 집에서 살고 있던데요? 아무리 중국이라고 하지만 학도림 청장님이 사기에는 무척이나 부담이 되는 집이던데 기록에 따르면 원래 부자는 아니었다고 하더군요.”

“가족들은…….”

학도림은 어떻게 대답해야 하나 고민하다가 변호사 측을 바라보았다.

“재판장님, 이건 사건과 아무런 관련이 없는 질문입니다!”

학도림의 눈빛을 받은 변호사는 재빨리 노형진의 말을 끊어 버렸다. 노형진은 그런 그 변호사를 지그시 노려보았다.

‘망할 새끼.’

저 변호사는 과연 학도림이 어떤 인간인지 알까? 아마도 알 가능성이 높다. 조직들은 일반적으로 쓰던 변호사만 쓴다. 그래야 최대한 정보가 새어 나가지 않기 때문이다.

‘어쩌면 저 녀석은 장기 밀매가 이루어지고 있다는 사실을 알지도 모르지.’

그렇지만 그 녀석에게는 상관없는 일일 수도 있다. 돈만 따르는 변호사들은 어디에든 가득하니까.

“사건과 관련이 있습니다.”

노형진은 그 변호사의 말을 딱 끊어 버렸다.

“음…….”

판사는 곤혹스러운 표정이 되었다. 얼핏 봐서는 그다지 관련이 없는 질문이기는 한데 노형진이 이렇게 강하게 발언하는 경우가 드물기 때문이다.

‘그렇지.’

판사가 되면 가장 먼저 배우는 것이 뭘까?

다름 아닌 책임을 회피하는 것이다. 그래서 판결문을 보면 애매한 표현이 많이 들어간다. 무엇할 수도 있다. 뭐라고 볼 수도 있다. 무엇일 가능성이 높으며……. 이런 식으로 판결문을 흐리멍텅하게 쓰는 걸 배우는 것이다. 그런데 지금은 그런 식의 방법이 통하지 않는 상황.

"원고 측 변호인, 확실히 관련이 있습니까?"

"관련이 있습니다."

"음……."

판사는 잠시 고민하는 듯했다. 그러더니 고개를 끄덕거렸다.

"좋습니다. 일단 계속 질문하세요. 하지만 관련이 없다고 생각된다면 바로 중단시키겠습니다."

"감사합니다."

노형진은 그렇게 말하면서도 피식 웃었다.

'먹혔다.'

노형진이 맨 처음 질문할 때 학도림이 귀화한 중국인라는 사실을 밝힌 것은 그냥 확인 차원에서 한 게 아니다. 인간, 특히 남자는 다른 소속에 있다가 들어온 남자에 대해 우호적이지 않기 때문이다.

아마도 그가 처음부터 한국인이었다면 추가적인 질문은 하지 못했을 것이다. 하지만 중국인인 것을 안 판사는 자신도 모르게 적대적인 판단을 한 것이다.

"그럼 계속 질문하겠습니다. 증인의 가족이 살고 있는 곳은 중국에서도 상당히 고가에 들어가는 120평짜리 빌라던데요. 청장의 월급을 다 가지고 가도 사기는커녕 월세 살기도 빠듯한 곳입니다."

"전 가족들을 버리고 여기로 왔습니다. 가족들이 거기서 잘사는 것은 저와는 상관없지요."

"그런가요?"

노형진은 학도림을 보면서 피식 웃었다. 예상했던 대답이었다.

"그러면 그 집이 덩웨이펑의 소유라는 사실도 몰랐습니까?"

"덩웨이펑?"

고개를 갸웃하는 사람들. 이건 한국 내 사건인데 중국 사람의 이름이 나왔기 때문이다.

"그게 누굽니까?"

천연덕스럽게 대답하는 학도림이었지만 이미 그의 이마에는 진땀이 송골송골 맺히고 있었다.

'설마 집주인까지 파고들 거라고는 생각하지 못했겠지.'

아니, 귀화한 이상 중국까지 그를 조사하러 갔을 거라 생각하지 못했을 것이다.

"덩웨이펑. 해당 지역을 지배하고 있는 조직인 진룡회의 중간 보스입니다. 진룡회는 그 멤버 수만 1만이 넘어가는 대형 조직 폭력단이고 말입니다. 그 지역에서 나고 자란 학도림 씨가 그 이름을 모른다니 이해가 가지 않는데요?"

"그거야…… 일개 깡패를 누가…… 안다고……."

"자기 가족이 살고 있는 집의 주인 아닙니까?"

"세를 들어 사는 건데 그 주인까지 알 필요는 없지요."

"그렇지요. 단순히 세를 들어서 사는 거라면 말입니다. 그런데 기록에 따르면 단 한 번도 월세를 낸 적이 없다고 되어 있는데요?"

노형진의 말에 학도림의 눈이 격하게 흔들리기 시작했다.

'걸렸구나.'

물론 진짜 월세를 낸 적이 없다는 걸 알지는 못한다. 하지만 찔러보는 심정으로 막 던진 것이다. 그런데 학도림은 그걸 알아채지 못하고 걸려든 것이다.

"아닙니다. 분명 어느 정도 월세를 내고 있다고 들었는데……."

"방금은 그런 사람 모른다면서요?"

아차 싶은 얼굴이 되는 학도림.

"그래서 월세 얼마나 낸다고 합니까?"

"……."

하지만 그는 말을 하지 않기로 한 건지 입을 꾹 다물었다. 그러자 듣고 있던 판사가 이야기가 이상하게 흘러가고 있다는 사실을 알아차렸는지 그를 다그쳤다.

"증인, 여기서 선서한 이상 묵비권이 인정되지 않습니다. 대답하세요."

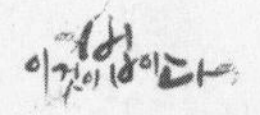

"모릅니다."

딱 잡아떼는 학도림. 알 수가 없다. 돈을 받지 않았을 테니까.

"이상하지 않습니까? 중국의 조직 간부의 집에 세 들어 사는 사람들의 아들이 한국의 청장이라는 것이?"

"전 중국인이 아닙니다."

"네, 중국인은 아니죠. 한국에 귀화한 사람이죠. 그런데 증인은 〈지옥도〉라는 영화 아십니까?"

"〈지옥도〉라는 영화요? 그거야 모릅니다."

애써 모른 척하는 학도림.

하지만 이번에는 그가 아닌 판사와 방청객들에게 물어본 것이다. 〈지옥도〉라는 영화를 아느냐고. 그리고 그 내용을 아느냐고.

못 본 사람들은 많겠지만 요 근래 무척이나 유명한 영화라서 사람들이 대부분은 그 내용을 알고 있었다. 상대방 조직에 파고든 두 남자의 이야기.

"참 재미있더군요. 그런데 그게 실화라는 이야기도 있어요."

"재판장님! 이건 사건과 아무런 관련이 없는 질문입니다!"

상대방 변호사는 당황해서 말을 끊으려고 했다. 그리고 그걸 보면서 노형진은 확신할 수 있었다.

'알고 있군.'

아까는 확실하지 않았지만 예민한 말이 나오자 말을 끊는 변호사를 보면서 노형진은 그가 조직과 선이 닿아 있다는 확신이 들었다.

"뭐, 관련이 없다고 하면 질문을 철회하겠습니다."

어차피 사람들에게 의심이 들기 시작했고 애초부터 답변을 기대한 질문은 아니었다.

"하여간 가족들은 그렇게 잘 먹고 잘사는데 왜 여기로 귀화한 겁니까? 여기서 청장 자리에까지 올라가는 게 쉬운 게 아닐 텐데요."

"제가 살 때는 가난했습니다."

"그럼 그 집은 어떻게 들어간 겁니까? 입주 시점을 보니까 귀화 후에 청장 자리에 올라갈 때쯤 들어간 걸로 되어 있던데."

"……!"

함정에 빠진 학도림은 아차 싶었다. 자신의 입으로 가난하다고 말했는데 지금 있는 집은 절대로 가난하다고 말할 수 있는 곳이 아니었다.

"참 공교로운 점이 뭐냐 하면 중국에 있는 가족들이 이사하는 시점이 청장님이 승진하는 시점과 비슷하게 맞아떨어진다는 겁니다. 뭐, 승진해서 기분 좋게 집을 사 줄 수도 있겠지만 그래도 돈은 모으고 사 줘야 하는 거 아닌가요? 그런데 어떻게 올라가자마자 집을 사고 이사할 수 있었던 것일까요?"

"……."

기록에 따르면 그들은 진짜 허름한 판잣집에서 시작했다.

하지만 마치 마법처럼 학도림이 승진할 때마다 점점 좋은 집으로 이사하더니 이제는 커다란 저택에서 살고 있었다.

"우연치고는 이상하지 않습니까?"

노형진은 지그시 학도림을 바라보았다.

"그…… 그게 이번 사건과 무슨 관련이 있다는 겁니까!"

학도림은 거칠게 항의했다. 자신이 교육받고 온 것은 이런 것이 아니었다. 그저 경찰의 책임이 아니라고 책임 회피하는 것만 교육받고 왔다. 그런데 공격 대상이 경찰이 아닌 자신이라니.

'이건 도대체 왜?'

그 순간 그는 얼마 전 벌어진 사건이 머릿속을 스치고 지나갔다. 우연히 잡아들인 두 명의 남자. 그들은 지나가다가 어떤 사람을 끌고 가는 걸 보고 막으려고 들어왔다고 했다.

'설마?'

일단은 조직에서 그들을 억류하고 그 뒤를 캐낸다고 했지만 특별히 뒤는 없어 보인다고 했다.

'설마?'

학도림은 경악스러운 눈빛으로 노형진을 바라보았다.

"그래서? 어떻게 가족들이 그런 고가의 주택에서 살 수 있는지 말씀을 좀 해 주시지요."

어느 순간 사람들의 눈빛은 학도림을 바라보고 있었다. 질문을 요구하는 그 눈빛.

'젠장.'

그는 입술을 깨물었다.

"대답하지 않겠습니다."

"뭐라고?"

"엇!"

그의 발언에 깜짝 놀라는 사람들.

"증인! 증인은 법전에 손을 올리고 선서했습니다. 대답하지 않으면 위증죄가 성립됩니다."

판사는 심각한 얼굴로 그를 내려다보았다.

사실 이런 증거들이 어떤 식으로 사건과 관련되어 있는지 알 수는 없다. 어찌 보면 관련이 없을 수도 있었다. 하지만 판사는 그의 대답을 듣고 싶었다.

〈지옥도〉라는 영화는 그도 안다. 그도 몇 번이나 본 수작이다. 만일 그런 일이 실제로 벌어진다면 심각한 문제이기 때문에 사건과 관련 없이 대답을 들을 생각이었다.

"그게……."

학도림은 곤란한 얼굴이 되었다. 그는 애써 자신의 처지를 바꾸기 위해서 머리를 쓰기 시작했다.

"도대체 이런 개인적인 질문이 이번 사건과 무슨 관련이 있는지 알려 주시면 답변하겠습니다."

그로서는 개인적인 질문인 만큼 답변하지 않겠다는 말을 최대한 완곡하게 돌려서 말한 것이다.

"맞습니다. 확실히 개인적인 질문이기는 하지요. 그러나 경찰 차원에서 고의적으로 남성의 실종을 수사하지 않는 이유가 중국 조직들과 관련이 있다면 개인적인 게 아니지요."

"뭐라고요?"

"그게 무슨 소리입니까?"

"다시 한 번 말씀해 주십시오."

취재를 하러 왔던 기자들은 깜짝 놀라서 벌떡 일어났다. 중국 조직들이 경찰을 통제한다는 건 생각도 못 한 일이었다.

'이거지, 후후후.'

자신은 의심을 던져 줄 뿐이다. 그걸 해석하는 것은 저들이고. 그리고 엄청난 파란을 일으킬 것이다.

"인터넷에서 도는 소문이 있습니다. 중국의 장기 밀매 조직이 한국에 들어와 있는 것을 한국 경찰에서 모른 척하고 있다는 것이지요."

"그건 말도 안 되는 소리입니다!"

학도림은 깜짝 놀라서 소리를 질렀다.

"그래요? 그렇다면 증인의 가족이 중국에서 그렇게 좋은 집에서 살고 있는 것을 어떻게 설명하실 건가요? 혹 증인이 중국과 한국 경찰 사이에서 로비스트로 활동하고 있는 게 아닌지 의심스럽습니다만?"

"뭐라고요?"

"그게 사실입니까?"

웅성거리는 기자들과 사람들.

보다 못한 판사는 망치를 두들겨 사람들을 조용히 시켰다.

"조용! 조용히 하세요! 여기는 법정입니다! 더 이상 시끄럽게 하면 법정 모독으로 체포하겠습니다. 그리고 증인, 그 질문과 이 사건과의 관련성은 인정됩니다. 그러니 답변하세요."

인터넷의 소문이라고 하지만 어찌 되었건 관련이 있다고 한 만큼 답변해야 한다.

"그냥…… 아는 분이 도와주셨습니다."

"그분이 공교롭게도 중국 폭력 조직의 수괴이고요?"

"그 부분까지는 모르겠습니다."

딱 잡아떼는 학도림.

"재판장님, 원고 측 변호인은 확실하지 않은 정보를 가지고 증인을 공격하고 있습니다. 이 부분은 명백하게 인신공격입니다. 증언을 중지시켜 주십시오!"

벌떡 일어나서 소리를 지르는 피고 측 변호사. 그의 얼굴은 붉어질 대로 붉어진 상태였다.

'그렇지. 너도 알겠지.'

인터넷의 소문이라고 표현은 했지만 일단 자신들의 약점을 정곡으로 찔렀으니 당황할 수밖에 없다.

"증인이 답변하지 않습니다만?"

"답변했잖습니까, 잘 모른다고?"

"그건 답변이 아니죠. 가족을 무조건 도와주는 사람이 누군지도 모른다는 게 말이나 됩니까?"

"이미 그는 한국으로 귀화한 한국인입니다!"

"하지만 중국에 있는 가족들은 중국 조직의 도움을 받고 있지요."

"그게 무슨 상관입니까?"

"상관이 없을 리 없지요!"

노형진과 상대방 변호사의 목소리가 점점 커지자 판사는 망치를 두들기면서 그들을 진정시켰다.

"두 분 다 너무 흥분하신 것 같은데 아무래도 머리를 식힐 필요가 있겠습니다. 오늘은 이쯤에서 휴정하겠습니다."

노형진은 판사를 바라보다가 고개를 끄덕거렸다. 그러고는 뒤도 안 돌아보고 바깥으로 나왔다.

"어떻게 된 건가?"

노형진이 나오자 다가오는 사람들.

"보아하니 판사가 혼란스러운 모양입니다."

"혼란?"

"경찰 쪽에서 무슨 언질이 있지 않았겠습니까?"

"하긴 그렇지, 똑같은 국가 조직이니."

아무리 노형진 쪽이 유리하다고 하지만 그래도 최대한 자신들에게 유리하도록 판결해 달라는 부탁을 받은 것은 당연한 일. 그런데 생각지도 못한 쪽으로 일이 커지자 그 부탁으로 고민하는 것이 확실했다.

"아마도 이런 상황에서 진짜로 중국 조직이 한국으로 진출했다는 사실을 알게 된다면 유리한 판결을 한 자신도 멀쩡하게 넘어가지는 않을 테니까요."

"그렇겠지."

그러니 그도 이제는 심각한 얼굴로 고민할 수밖에 없게 된 것이리라.

"그런데 말이야, 이제는 어쩔 생각인가? 너무 노골적으로 드러낸 거 아닌가?"

노형진이 슬쩍 찔러본다고 하기는 했지만 이건 아주 대놓고 죽창으로 푹 찌른 수준이다.

"저들의 반응을 보기 위해서는 어쩔 수 없었습니다. 하지만 한 가지는 확실하네요. 학도림도 그렇고 변호사도 그렇고, 이번 사태에 대해 어느 정도 알고 있다는 겁니다. 학도림은 아마 아주 잘 알고 있겠지요."

"음……."

"학도림은 이번 사태로 당황할 겁니다. 아마도 바로 중국으로 전화하겠지요."

"그렇겠지."

"중국 쪽에 가 있는 사람들에게 잘 보고 있으라고 해 주십시오."

"그 부분은 걱정하지 말게."

아마도 학도림은 가족들을 대피시키려고 할 것이다. 더 이상 약점이 잡히지 않기 위해서 말이다.

'그러다 보면 조직과 관련이 될 수밖에 없지.'

그리고 노형진은 그 틈을 노릴 생각이었다.

'어디 두고 보자, 학도림.'

노형진은 이를 빠드득 갈면서 서둘러서 법원을 나가는 학도림을 노려보았다.

⚖

"이게 어떻게 된 겁니까!"

학도림은 당황해서 어쩔 줄 몰라 하고 있었다.

"저쪽에서 다 알고 있잖아요!"

－인터넷의 소문이라고 하지 않나.

"소문이라고 하지만 이미 우리가 드러났다고 봐야 합니다!"

－그렇다고 이걸 포기할 수는 없잖아? 이게 얼마나 돈이 되는 사업인데?

"차라리 다른 곳에서 데리고 오면 안 됩니까?"

－위험부담이 너무 커. 남자가 실종된 사건에 대해 아예 수사하지 않는 곳은 대한민국뿐이야.

물론 다른 나라들도 있기는 하다. 하지만 그런 나라들의 공통점은 대부분 치안이 완전히 무너졌거나 자신들을 견제할 수 있을 정도로 거대한 집단이 있다는 점이다.

－하지만 한국은 아니지. 그런 집단도 없고 공권력도 무능

해. 내가 자네를 왜 그렇게 힘들여서 한국 경찰에 넣었는데? 한국은 장기적으로 보면 우리의 주요 장기 수입국이자 공급국이 될 거야.

사람의 몸을 사려고 하는 사람은 많다. 그저 수급이 부족할 뿐이다. 그러나 이렇게 양질의 공급처를 구하는 것은 쉬운 일이 아니다.

중국에서도 수많은 장기 밀매 조직이 있지만 중국 정부는 그들을 때려잡기 위해서 노력한다. 반면에 한국 경찰의 공식적인 입장은 한국에 장기 밀매 조직은 없다는 것이며 당연히 공식적으로 그걸 조사하는 곳도 없다.

"하지만 너무 위험합니다."

—걱정하지 마. 그런 인터넷의 음모론은 한두 해 있었던 게 아니야.

확실히 그런 인터넷의 음모론은 한두 해 전부터 있었던 것은 아니다. 아니, 중국인이 한국에 들어오면서부터 계속 있었던 이야기다. 그런 만큼 아무런 증거도 없다.

—이번 사건도 마찬가지야. 저쪽도 의심만 던져 놓을 뿐, 더 이상 할 수 있는 게 없지 않은가?

"그건 그렇습니다만……."

—너만 입조심하면 돼.

"알겠습니다, 천성계 님."

—다만 그 녀석은 조심해야 해.

"노형진 말씀이십니까?"

-그래.

천성계의 말에 학도림은 고개를 끄덕거렸다.

"걱정하지 마십시오. 그 부분은 확실하게 처리하고 있습니다. 제 뒤를 더 이상 쫓지 못할 겁니다."

천성계의 말에 그는 안심하라는 듯 말했다.

-방심하지 마. 그러다가 병원이 당했다.

"알고 있습니다."

천성계는 한때 한국에서 요양 병원을 운영했다. 말이 요양 병원이지, 돈을 받고 나이 먹은 부모를 자연스럽게 죽여 주는 일종의 살인 공장이었다.

하지만 노형진에게 그게 발각되면서 결국 병원 자체를 닫아야 했고 그 이후에는 그 엄청난 충격 때문에 요양 병원에 대한 감시가 심해져서 더 이상 같은 병원을 열 수가 없었다.

-자네도 알다시피 노형진은 어떻게든 길을 찾으려고 하는 놈이다. 그러니까 절대로 방심하면 안 돼.

"걱정하지 마십시오. 절대로 안 걸리게 하겠습니다."

-그 두 놈은?

"인천에 있는 사설 감옥에 가둬 놨습니다."

-해체해. 사소하다고 하지만 그런 위험 분자를 살려 둘 수는 없다.

"알겠습니다."

–그 병원장처럼 날 실망시키지 않기를 빈다.

학도림은 자신도 모르게 부르르 떨었다.

노형진의 함정에 빠져서 병원을 드러낸 병원장은 결국 감옥으로 갔다. 하지만 그는 그곳에서 살아서 나오지 못했다.

공식적으로 한국에는 사형이 없다. 그리고 비공식적으로 감옥 내부에서 벌어진 살인 사건은 사형으로 취급하지 않는다. 종신형을 받은 중국인 한 명과 트러블 때문에 그는 불안하게도 칫솔로 만든 칼이 목구멍에 찔리면서 죽어 버렸던 것이다.

"ㅇㅇㅇ……."

그는 머리를 부여잡으면서 한숨을 쉬었다.

"설마…… 걸리지는 않겠지?"

그는 위성 전화를 보면서 침을 꿀꺽 삼켰다.

거의 모든 전화는 도청이 가능하다. 현재로써는 도청이 불가능한 전화기는 위성 전화뿐이다. 그래서 모든 통신은 위성 전화로만 한다.

"망할……."

한편으로는 그냥 찔러본 것일 수도 있다고 생각하면서도 한편으로는 정체 모를 공포감이 학도림을 쥐고 흔들고 있었다.

"수고하세요."

"수고하세요."

직원들이 퇴근하고 나간 시간.

검찰청 내부에 돌아다니는 사람은 한정되어 있었다.

"새로 온 사람인가 보네?"

경비원은 피곤한 얼굴을 하면서 걸어가고 있는 청년을 보고는 피식 웃었다.

"칼퇴근인 줄 알았는데…… 아니네요."

"그래도 다른 곳보다는 검찰청이 땡보지. 하하하."

"그런가요?"

공익 복장을 한 남자는 잔뜩 쌓여 있는 서류를 밀면서 한숨을 쉬었다.

"원래 야근은 안 시키는 거 아니었어요?"

"그거야 법이 그런 거지. 우리나라야 어디 법 지키는 나라인가?"

"검찰청에서 그런 말 하는 게 이상한 것 같은데요?"

"원래 그런 거야. 당분간은 익숙해지려면 고생 좀 해야 할 거야."

"네……."

"수고하게."

"수고하세요."

경비와 인사를 마친 공익은 피곤한 몸으로 서류로 가득한 카트를 끌고 검찰 내부를 왔다 갔다 하며 돌아다녔다. 그리고 어느 순간 목적지에 도착한 그는 눈을 반짝이기 시작했다.

"야근이라……. 이거 현행법 위반인데 말이지. 검찰도 안 지키는 법이구만."

공익은 다름 아닌 노형진이었다. 그는 공익 복장을 하고 안으로 파고들었는데, 흔하게 보이고 또 자주 바뀌는 것이 공익이다 보니까 경비들은 그다지 관심을 두지 않았다.

"어디 보자."

노형진은 학도림 사무실의 문을 열고 안으로 들어갔다.

검찰청 내부라는 자신감 때문인지 문은 잠겨 있지 않았기 때문에 들어가는 것은 어렵지 않았고, 노형진은 그 안으로 들어가서 학도림이 앉아 있던 자리에 자리를 잡고 앉았다.

"짜식, 좋은 의자 쓰네."

보아하니 정부 지급품이 아니라 개인적으로 사서 쓰는 모양이다.

"그나저나 이 녀석이 무슨 정보를 흘렸나 볼까?"

노형진이 법원에서 학도림을 흔든 이유는 간단하다. 그가 행동을 하도록 해서 그 행동에서 정보를 캐내기 위해서였다.

'그리고 비밀리에 통화하기에는 여기만한 곳이 없단 말이지.'

집 같은 경우는 자신들이 감시하고 있다는 걸 알고 있으니 하려고 하지 않을 것이다. 그렇다면 자신들로부터 절대적으로 안전한 곳을 찾으려고 했을 텐데, 그곳은 다름 아닌 검찰청이었다. 자신들이 아무리 날고 길어도 검찰청을 도청할 수는 없으니까.

'뭐, 도청할 때의 이야기지.'

노형진은 책상에 손을 올리고 정신을 집중했고 얼마 지나지 않아 생각지도 못한 물건이 이 안에 있다는 사실을 알아차렸다.

"빙고."

노형진은 일어나서 구석에 있는 화분으로 향했다. 그리고 그 안쪽에 감춰진 작은 위성 전화기를 발견할 수 있었다.

"켕기는 게 있는 모양이기는 하네."

위성 전화는 어디서나 전화가 가능하다는 편리성 때문에 보통 오지를 모험하는 사람들이 많이 쓴다.

하지만 여기는 대한민국, 그것도 서울 한복판이다. 전화가 안 터질 리 없다는 것이다. 그렇다면 위성 전화의 다른 기능, 즉 도청이 불가능한 것을 이용하고 있다는 소리였다.

"이럴 줄 알았지."

집은 이미 감시하고 있다. 정확하게는 이미 감시하고 있는 게 드러나도록 사람을 배치했다. 그의 활동 구역을 줄이고 싶었기 때문이다. 아니나 다를까, 그는 비밀 통화를 자신들이 할 수 없는 검찰청 내부에서 한 것이다.

"하지만 나한테는 안 되지."

노형진은 위성 전화에 손을 올리고 천천히 정신을 집중하기 시작했다. 그러자 머릿속에서 떠오르는 수많은 기억들.

"천성계?"

노형진은 그 안에서 발견한 생각지도 못한 이름에 고개를 갸웃했다.

"누구였지?"

익숙한 이름이었다. 하지만 딱 생각이 나는 것은 없었다.

"일단은 나중에 생각하자."

당장 급한 것은 천성계라는 익숙한 이름이 아니라 자신들의 직원들이 어디에 있는지 찾아내는 것이다.

'도대체 어디 있는 것이냐…….'

분명 어딘가에 갇혀 있을 게 뻔했다. 그리고 전화기상의 기억에 따르면 아직은 살아 있는 상황.

'인천?'

그 순간 그의 기억 속에서 떠오르는 한 가지 단어, 인천. 분명 인천 어딘가에 있다는 것을 말하는 기억이 보였다.

'인천이라……. 하지만 한두 곳이 아닌데?'

더군다나 인천인 한국 내부에서도 중국인들이 많기로 소문이 난 곳이다. 그곳에서 무작정 어딘가를 찾는다는 것은 쉬운 일이 아니다.

'인천이라…….'

천천히 기억을 더듬는 노형진. 하지만 전화기에서 보이는 것은 정확한 주소는 보이지 않고 있었다. 그저 창고인 것만 알아볼 수 있는 수준.

'젠장, 이러면 곤란한데.'

자신들이 정곡을 찌른 만큼 저들은 어떤 식으로든 행동을 하게 될 것이다. 그럼에도 불구하고 찌른 것은 그만큼 정보가 없었기 때문이다. 즉, 지금이라도 동료들이 죽을 수도 있는 상황이라는 소리다.

'일단은 진정하자……. 다른 지형지물을 찾을 수만 있다면…….'

노형진은 천천히 그의 기억을 더듬기 시작했다. 하지만 다른 곳도 아닌 창고 지역인지라 가게도 하나도 없어 뭐라고 특정할 수가 없었다.

'어?'

그렇게 몇 번이나 기억을 더듬었을까? 어슴푸레 날이 밝아 올 때쯤 그의 눈에 들어온 것은 무심하게 지나다니던 전신주였다. 그 전신주에 눈이 간 것은 그저 우연이었다.

'그러고 보니 전신주마다 다 번호가 있지 않나?'

모든 전신주에는 다 번호가 매겨져 있다. 그리고 일반적으로 전신주는 50미터 간격으로 설치되어 있다. 그래서 비상사태에 정확한 주소를 모르면 전신주의 번호를 알려 주는 것이 좋다고 배웠던 것이 기억난 것이다.

'저기다.'

노형진은 그 기억 속에서 스치고 지나가는 전신주 하나를 뚫어지게 바라보기 시작했다.

기억과 현실의 다른 점. 그건 인간의 기억 속에서 뇌는 인식만 못할 뿐, 그걸 제법 또렷하게 기억하고 있다는 것이다.

그 특성을 이용해 그렇게 몇 번의 시도 끝에 그 전신주의 번호를 확인한 노형진은 떠오르는 새벽의 태양과 함께 얼굴에 미소를 떠올릴 수 있었다.

칼로 흥한 자, 칼로 망한다

"천성계?"

"네, 익숙한 이름인데 기억이 가물가물해서요."

"음……."

노형진의 말을 들은 송정한은 심각한 얼굴이 되었다.

"진짜 기억이 안 나나?"

"워낙 많은 사건이 있어서요."

"그런가. 하긴 그럴 만도 하기는 하지만……. 천성계는 얼마 전에 자네가 날려 버린 요양 병원 이름일세."

"네? 아!"

그제야 노형진은 천성계라는 이름이 귀에 익은 이유를 알 수 있었다. 자신이 날려 버린 요양 병원.

"그때 그 중국계 주인이 바로 천성계였네. 자네한테 겁을 주고 그렇지 않았나?"

"그랬지요. 대수롭지 않게 넘겼던 것 같은데……."

그제야 노형진은 어렴풋이 기억났다. 청계가 싸지른 똥 중 하나였던 천성계 요양 병원. 부모를 합법적으로 죽이기 위한 방법이었던 그곳은 진실이 드러나면서 대한민국을 뒤흔드는 사건이 되었다.

"의료 쪽으로 손이 닿아 있나 보군. 정신병원도 그렇고……."

"끄응……."

사람을 해체해서 판다는 것은 의료계와 손이 닿아 있지 않다면 불가능한 일이다. 더군다나 지난번에도 의료 쪽으로 사건을 벌이더니 이번에도 그런다는 것은 천성계가 의료 쪽과 가까운 인간이라는 사실을 뜻하는 것이었다.

"운이 안 좋다고 해야 하나요?"

"그런가? 이거 골 때리는 상황이로군."

천성계와 다시 엮일 거라 생각하지 못한 송정한은 고개를 흔들어서 정신을 차리려고 노력했다.

"뭐, 악연이라고 피할 수는 없으니 그런 건 신경 쓰지 말게. 그나저나 그 위치는 확인했나?"

"일단은 고문학 팀장에게 부탁해 놨습니다. 아마도 어렵지 않게……."

노형진이 송정한과 말하는 그때, 문이 열리면서 고문학이 안으로 들어왔다.

"안 그래도 고문학 팀장님 이야기를 하던 중이었습니다. 뭔가 소득이 있나요?"

노형진의 말에 고문학은 고개를 끄덕거렸다.

"전신주에 붙어 있는 번호는 생각보다 관리가 잘되더군요."

"그렇겠지요. 워낙 전신주가 많으니 그걸 제대로 구분하지 못하면 위치도 알지 못할 테니까요."

"네, 확인해 봤더니 인천에 있는 부두 쪽입니다."

"인천 부두 쪽?"

"네, 그런데 위험한 동네더군요."

"위험한 동네요?"

"그쪽은 중국 쪽에서 들어오는 배가 많습니다."

고문학의 말에 따르면 그쪽은 중국에서 들어오는 배가 많아서 어느새엔가 중국인이 많아지더니 중국인들이 주로 사는 동네가 되었다는 것이다.

"당연하다면 당연한 겁니다. 요즘은 대부분의 인부를 중국인을 쓰니까요."

"그런데 뭐가 문제인 거죠?"

"치안이 개판이라는 겁니다. 심지어 경찰도 그쪽 지역에 출동하는 건 꺼립니다. 공무원이 그쪽으로 갈 때는 방검복을 입고 순찰을 돌 정도로 말입니다."

"방검복? 우리나라에 그런 곳이 있어?"

"있습니다. 정부에서는 인정하지 않고 쉬쉬해서 그렇지요."

방검복이란 말 그대로 칼에 찔리는 것을 막아 주는 칼을 뜻한다. 한국에서는 일단 총기가 불법이기 때문에 방탄복까지는 필요 없다고 하더라도 칼에 찔리는 것은 어쩔 수 없다.

"실제로도 얼마 전에 밀입국자를 조사하러 간 공무원이 칼에 찔려서 죽을 뻔한 사건도 있습니다. 경찰은 해당 지역 치안에 대해서는 거의 손을 놔 버린 상태고요."

"음……."

노형진은 심각한 얼굴이 되었다. 그건 자신도 몰랐던 일이기 때문이다.

"그 정도로 심합니까?"

"한국도 마찬가지지만 뱃일이라는 게 보통 인텔리들이 하는 일은 아니니까요."

뱃일은 힘들다. 그렇다 보니 아무래도 사람이 거칠어질 수밖에 없다. 더군다나 그런 배들이 하루에도 수십 척씩 들어오고, 그럴 때마다 슬쩍 도망가는 밀입국자들도 잔뜩 있는 곳이 바로 인천이다.

"경찰에 도움을 청하기는 힘들겠군요."

"이번 사건의 당사자가 경찰인 만큼 도와줄 리 없지요. 명확한 증거가 있는 것도 아니고요."

새론이야 노형진을 알고 또 믿기 때문에 그곳에 사람들이 있을 거라 생각하지만 경찰의 입장에서는 그렇지 않다.

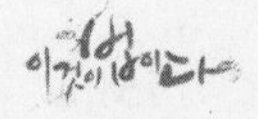

더군다나 현재 소송 당사자인 경찰이 자신들에게 불리한 증거를 찾기 위해서 도와 달라고 하면 도와줄 가능성은 거의 없다고 봐야 한다.

"해당 지역 경찰에 신고해도 안 될까요?"

"이곳에 들어가려면 경찰 몇 명으로는 안 됩니다. 안전을 확보하기 위해서는 아무래도 중대급 무장 세력이 필요합니다."

"중대급?"

"네."

"우리 경호 팀이 몇 명이나 있죠?"

"현재는 열두 명입니다."

노형진은 얼굴을 찡그렸다. 아무리 생각해도 그 숫자가 부족했다.

"만일 공권력이 아니라 일반 숫자로 들어가려면 더 많은 숫자가 들어가야 합니다. 그나마 중대급이면 된다고 한 것도 공권력일 때나 가능한 겁니다."

만일 이쪽이 공권력이라고 하면 강제 추방을 두려워한 중국인들이 싸움에 끼어들려고 하지는 않을 것이다. 하지만 이쪽이 공권력이 아니라고 한다면 강제 추방의 위험이 없으니 불법 체류자들은 자신들과 같은 중국인들을 도와줄 가능성이 아주 높다.

'중국인들이 모여서 행동하는 것은 아주 유명하지.'

중국 사람들은 그 특성상 뭉칠수록 강해진다. 자기들끼리 내부적으로 싸우고 치고받기는 하지만 외부에 적이 생기면 그들은 하나로 단합해서 저항을 잘한다. 2차 대전 때도 그랬다. 국민당과 공산당이 내전을 멈추고 함께 일본에 대항했으니까.

"하지만 더 이상 시간을 끌면 위험할 텐데?"

저들의 위치를 알아내기 위해 자극했지만 반대로 그 자극 때문에 저들은 빠르게 움직이려고 할 것이다. 그렇다면 직원들의 목숨이 위험할 수도 있는 노릇.

"외부 경호 업체를 부를까요?"

"그걸로는 위험합니다."

외부에도 경호 업체들이 있다. 하지만 그들은 말 그대로 지키는 데에 특화되어 있지, 이번에 예상되는 대단위 전투에 익숙하지 않다. 더군다나 그들은 지키는 게 목적이지, 싸우는 게 목적이 아닌지라 계약할지도 확실하지 않다.

"그럼 조폭 계열은 어떨까요?"

"그들은 믿을 수가……."

조폭들이 양지에 나오기 위해 가장 많이 하는 기업 중 하나가 바로 경호 업체다. 그러니 이런 집단 싸움에 익숙하기는 할 것이다.

"하지만 그들도 역시 믿기는 좀……."

조폭이라는 특성상 의리 없다. 그들은 불리하면 도망간다.

더군다나 상대는 중국인들. 워낙 그들이 세력을 넓히고 있어서 그들과 적대적인 관계를 맺지 않으려고 슬슬 피한다는 것은 알 사람은 다 아는 현실이다.

"그러면 마땅히 데려갈 사람이 없는데요?"

노형진은 조용히 침묵을 지키다가 눈을 번쩍 떴다.

"그러면 이이제이를 해 보지요."

"이이제이?"

"네."

노형진의 말에 다들 이해하지 못하고 어리둥절해할 뿐이었다.

⚖

"이제는 별 부탁을 다 하는군."

남상진은 눈을 찌푸리면서 노형진을 바라보았다.

"깨끗한 척하더니 이제는 폭력 조직까지 이용하나?"

"난 깨끗하지 않아. 세상을 깨끗하게 하고 싶은 것뿐이지. 내가 내 몸에 오물을 묻히지 않고 어떻게 청소하겠어?"

노형진의 말에 남상진은 침묵을 지켰다.

남상진과 노형진은 묘한 관계였다. 악연으로 만나기는 했지만 서로가 서로를 이용해 먹는 관계랄까? 그리고 노형진은 이번에 그를 이용해 먹을 생각이었다.

"너라면 알 텐데?"

"모르지는 않지. 인천 쪽이면 상해파로군."

중국은 넓다. 당연히 조직도 많다.

물론 중국을 대표하는 삼합회 같은 조직도 있지만 그 안에도 수많은 계파가 있기 마련이다. 일본이 야쿠자라는 이름하에 여러 조직이 있는 것처럼 말이다.

"한국으로 들어온 조직 중에서 그들과 적대적인 조직이 있나?"

남상진은 피식 웃었다.

"이이제이라 이건가?"

"그렇지."

"그렇게 쉽게 걸릴 거라 생각하나? 중국인이라고 다 바보는 아니다."

"돈이 걸렸다면 이야기가 달라지지."

"돈이 걸렸다면 이야기가 달라진다라……. 그렇군."

바보가 아닌 이상에야 이렇게 뻔하게 보이는 이이제이를 모르지는 않을 것이다. 하지만 돈이 달려 있다면 그들은 목숨을 걸고 싸울 것이다. 적을 쳐 내면서 동시에 돈을 벌 수 있는 절호의 기회니까.

"그런데 왜 나한테 그런 걸 물어보는 거지?"

"설마 중국 조직이 무장하지 않을 거라고는 생각하지 않는데?"

노형진이 피식 웃으면서 바라보자 남상진은 무표정하게 그를 바라보았다. 중국의 조폭들은 한국과 비교할 수도 없는 규모이니 당연히 무장한다. 그런데 무기 브로커인 남상진이 과연 그들에 대해서 모를까?

"짜증 나는 놈이군."

"감사하게 생각하지."

남상진은 무표정하게 말했지만 약간은 속으로 섬뜩해했다. 자신에 대해 잘 아는 것도 아니면서 자신의 모든 것을 예측한다는 사실이 약간은 그에게 거부감을 준 것이다.

"예상은 얼마나 생각하나?"

"10억쯤?"

10억이면 이번 사건으로 벌어들이는 돈의 몇 배에 달하는 돈이다. 하지만 노형진은 아깝다는 생각이 들지 않았다. 이미 자신의 재산에서 10억은 의미가 없는 재산이다. 차라리 그 돈으로 동료를 살리는 쪽이 더 나았다.

"그 정도면 몇 개의 조직을 동원할 수 있겠군."

"아, 조건이 있어. 한국 사람들에게 피해를 주지 않는 녀석들로 해 줘."

자신들이 준 돈은 분명 그들의 영역을 늘리는 데에 사용될 것이다. 만일 지금 인천을 점령한 놈들과 같은 짓을 하는 놈들이라면 절대 그들을 도와줄 이유가 없다.

"그렇다면 흑룡강성 쪽 출신이 뭉칭 흑룡파와 대만 출신이 뭉친 해룡파가 적당하군. 흑룡파는 기본적으로 조선족이다. 중국 조직들이 찍어 누르기 때문에 이런 쪽에 손도 대지 못하고 있지. 뭐, 대만 쪽도 마찬가지고. 적성파도 괜찮군. 그쪽도 소수민족 위주로 만들어진 집단이거든.”

“파벌이 심하군.”

“중국이니까.”

중국은 통일된 민족이 아니라 다민족국가다. 중국을 이루는 대다수는 한족이지만 수많은 소수민족이 함께 섞여 있다.

문제는 한족이 소수민족을 탄압하는 형태로 구성되어 있다는 것. 그것은 국가뿐만 아니라 이런 어둠의 세계에서도 통용되는 구조다.

“좋군.”

그런 자들이라면 이번 사건으로 세력을 넓힐 수 있을지언정 그 숫자가 부족하기 때문에 지금 인천을 점령한 녀석들처럼 어마어마한 범죄를 저지르지는 못한다.

더군다나 중국계, 아니 한족계 폭력 조직이 격하게 견제할 테니까 그다지 성장도 못 한다.

“그 세 곳은 거의 말라죽어 가고 있지. 하지만 네 녀석이 도와줘서 살아난다면 아마 이 인천을 집어삼킬 수 있을 거야. 그 세 곳이 연합하면 말이지.”

“그리고?”

“그리고 인천은 크다. 여기서 나오는 돈이면 한족계 조직들과 대항할 수 있을 수준이지.”

“하지만 그들은 숫자도 적고 세력도 약한데 버틸 수 있겠어?”

“물론 버틸 수 있다. 적절한 무기만 공급된다면 말이지.”

비릿한 웃음을 내보이는 남상진.

노형진은 그의 속셈을 알아차렸다.

무기라고 해서 무조건 살상 무기만 있는 게 아니다. 당장 남상진의 능력이면 미국에서 쓰고 있는 발사형 스턴 건 같은 건 어렵지 않게 들여올 수 있다.

그건 무기이기는 하지만 걸려도 크게 문제가 되는 건 아니다. 살상 병기가 아니니까. 하지만 조직간 항쟁에서 그 위용은 엄청나리라.

'다 처먹겠다 이거냐?'

자신이 준 돈 10억은 무기 공급이라는 미명하에 남상진의 주머니로 들어갈 것이다. 남상진의 말대로 그들의 입장에서는 이렇게 죽나 저렇게 죽나 발악이라도 해 보는 심정일 테고 말이다.

'하긴…… 중국 놈들이 독하기는 하지.'

세력에서 밀린다.

그건 단순히 그 지역에서 쫓겨난다는 것이 아니다. 중국계 조폭들의 싸움에서 세력에서 밀린다는 건 흔히 말하는 실종으로 될 수도 있고, 재수 없으면 진짜 해체되어 장기별로 팔릴 수도 있다는 뜻이기 때문에 저들로서는 사력을 다하는 수밖에 없을 것이다.

"어떤가?"

너무나 속이 보이는 남상진의 모습이었다.

'뭐, 감추려고 하지도 않는군.'

남상진은 그런 자신의 모습을 감추려고도 하지 않았다. 아니, 할 이유가 없다고 봐야 할지도 몰랐다. 그가 감추려고 한들 노형진은 알아챌 테니까.

"뭐, 상관없겠지. 그렇게 하도록 하지."

노형진은 끄덕거렸다. 해충끼리 싸운다는데 자신은 그다지 손해 볼 게 없었다.

"거하게 준비했군."

노형진은 자신들의 경호 팀을 이끌고 약속 장소에 도착했다. 그곳에서는 족히 백쉰 명은 되어 보이는 사람들이 흉흉한 눈빛으로 모여 있었다.

"저 정도면 충분한가?"

"충분하고도 남지. 중국 녀석들이라고 해 봐야 결국은 조폭이니까."

그들은 하나같이 방검복에 검은색 헬멧을 쓰고 손에는 별의별 무기를 다 들고 있었다.

"상해파가 미치지 않고서야 총을 쓰지는 않을 테니까."

"어차피 밀릴 건데?"

"상해파에게 인천은 그냥 한 지역일 뿐이야."

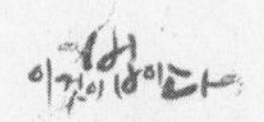

대한민국에서 총을 쓴다는 것은 단순 조폭들끼리의 항쟁 수준을 넘어간다. 경찰을 동원해서 그저 단속하는 한계를 넘어가는 행동, 즉 내부에서 무장하고 있다는 것이기 때문에 심각하게 받아들여서 군대 동원도 불사한다.

"더군다나 네놈이 만구파를 날려 버리면서 그 소동을 벌여놔서 무기가 동원되면 정부에서 가만히 있지 않을 테니까."

노형진은 고개를 끄덕거렸다.

만구파가 내부적으로 무장하고 정부의 군대에 저항한 것이 바로 얼마 전이다. 당연히 정부의 입장에서는 다른 집단이 무장한 것을 싫어할 것이다.

더군다나 이들은 다른 사람도 아니고 중국인들. 비상시에 누구 편을 들지 뻔한 데다가 인천이라는 대한민국의 주요 물류 기지에 자리 잡고 있으니 무장한 걸 알게 되면 정부에서는 어떻게 해서든 이들의 조직을 날려 버리려고 할 테니 이들은 무기를 쓸 수가 없다.

'그러고 보니 이 녀석이 그걸 어떻게 안 거지?'

공식적으로 노형진이 그 사태에 관련된 것은 비밀이다. 그들이 무장한 것이 사실이기는 하지만 그걸 알아낸 것이 노형진이라는 사실은 외부에 발설된 적이 없다.

"왜? 이상한가?"

"끄응……."

노형진은 자신도 모르게 머리를 흔들었다. 생각해 보면 그런 집단이 그런 무장을 하는데 무기를 공급해 줄 수 있는 딜러는 한정되어 있다.

'멍청했군.'

그렇다면 모르는 게 더 이상하리라.

"걱정하지 마라. 고객이라고 하지만 슬슬 선을 끊으려고 할 상황이었거든. 점점 무리한 요구를 해서 말이야."

"무리한 요구?"

"핵을 구했으면 하더군."

"이런 미친!"

"뭐, 얼마 안 하기는 하지만 나도 찝찝해서 말이지."

눈으로 초승달을 그리면서 웃는 남상진의 모습을 보아하니 진짜로 구하려면 구할 수 있는 모양이었다.

'하긴…… 불가능한 건 아니지.'

소련이 붕괴되고 난 후 수백 개의 소형 핵폭탄이 사라졌다. 물론 그 대다수는 각 정부에서 비밀리에 가지고 갔을 거라 추정된다. 심지어 한국도 말이다.

하지만 일부는 분명히 테러 집단으로 갔을 거라 생각되고 있다.

"그 녀석은 좀 멍청했어."

물론 핵을 가지고 있다고 인정한다면 세계에서의 대한민국의 위상이 지금과 같지 않았을 것이다.

'하지만 미국에서 그걸 그냥 두겠나?'

한국 정부는 자국 내 문제니 눈치를 볼지도 모르지만 미국에서 그걸 방치할 리 없으니 어떤 식으로든 핵폭탄의 위치를 알아내서 특공대를 투입했을 것이다.

"하여간 딱 적당한 때에 처리해 줘어."

히죽 웃는 남상진을 노형진은 찡그린 얼굴로 바라보다가 고개를 돌렸다. 더 이상 이야기해 봐야 자기 속만 썩을 게 뻔하다.

"백쉰 명이라. 다른 중국인들은 끼어들지 않겠나?"

노형진이 들어가는 걸 걱정하는 다른 이유. 그건 자신들이 공격하는 걸 다른 중국인들이 그냥 두고 보지 않을 거라는 걸 알기 때문이다.

"그런 일은 없어. 네놈이 걱정하는 건 뭔지 아는데, 중국인들은 내부 항쟁에는 안 끼거든."

"왜?"

"어설프게 끼었다가는 해체당하니까."

노형진은 고개를 끄덕거렸다.

상대방이 한국 경찰이라면 기껏해야 3년 정도 살다 나오는 게 다일 것이다. 그나마도 아주 극렬분자만 그럴 테고 대부분은 집유나 몇 달 살고 나오는 것이 끝일 것이다.

하지만 상대방이 중국인, 그것도 다른 조직이라면 그들이 법을 지킬 리 없다. 섣불리 다른 조직을 도와줬다가 그 조직이 패하면 자신들은 그들과 함께 어디론가 끌려가서 소리 소문 없이 사라질 게 뻔하다. 처벌의 강도가 완전히 다른 만큼 그들은 끼어들려고 하지 않을 것이다.

"그래요."

노형진은 왠지 입안이 씁쓸했다. 대한민국 경찰은 저들에게 거의 동네북 수준으로 취급받고 있었기 때문이다.

'결국은 자초한 거지.'

제대로 법을 집행하지 않고 도망 다닌 결과다. 처벌은 법원의 책임이지만 그렇다고 해도 경찰들이 불법 입국자들을 제대로 잡았다면 이렇게 무시당하지는 않았으리라.

"저쪽에 얼마나 있는지 모르지만 이 숫자는 감당하기 힘들걸?"

노형진은 고개를 끄덕거렸다. 완전무장하고 보호 장비까지 가진 백쉰 명이다. 그에 비해 저쪽은 잘해 봐야 백 명도 안 될뿐더러 보호장비는 전혀 없을 것이다.

"혹시 경찰이 출동하지 않을까?"

함께 온 남상주 변호사는 걱정스럽게 물었다. 남상진은 코웃음을 쳤다.

"그럴 리가."

"뭐라고?"

나이도 어린 것이 반말하자 발끈하는 남상주 변호사. 하지만 남상진은 그런 것에 신경도 쓰지 않는 듯했다.

"설마 인천에서 항쟁이 일어나는 게 처음이라고 생각하나?"

"뭐?"

"한두 번이 아니야. 그런데 지금까지 경찰이 출동한 건 딱 한 번이다. 딱 한 번. 그것도 최초의 항쟁 때였지."

"무슨 소리야? 그러니까 항쟁에는 끼지 않는다는 거야?"

"그래."

첫 번째 항쟁 때 경찰이 출동했지만 싸우기는커녕 그 싸움에 휘말린 경찰 두 명이 죽고 여러 명이 다쳤다고 한다. 그 후부터는 이쪽 지역은 아예 신경을 쓰지 않고, 특히 항쟁은 아무리 신고가 들어가도 모른 척한다는 것이다.

"그러니까 경찰이 올 거라는 걱정은 하지 않아도 된다."

남상진은 그렇게 말하고는 차에 올라탔다.

"이번 거래는 즐거웠다."

히죽 웃는 그의 모습에 노형진은 그의 면상을 후려갈기고 싶었지만 꾹 참고 고개를 돌렸다.

"움직이세요."

작전은 미리 다 짜 둔 상태다. 저들이 여기저기서 깽판을 치면 그들 조직원들이 움직일 테고, 그사이 노형진은 경호원들과 함께 그 사설 감옥을 털어 버리는 것이 계획이었다.

"하오!"

그들이 흡족한 표정을 지으면서 각자 차량이나 오토바이에 올라타고는 내달리기 시작하자, 남상주는 그 모습을 불안한 눈빛으로 바라보았다.

"설마 이대로 도망치지는 않겠지?"

"그렇지는 않을걸요?"

노형진은 그런 그들을 보면서 남상주에게 중얼거리듯 말했다.

"남상진 저 녀석이 나쁜 녀석이기는 하지만 일 자체는 확실하게 하는 놈이니까요."

그는 나쁜 놈이다. 그건 부정할 수 없는 사실이다. 그러나 일 자체는 확실하게 한다.

만일 돈만 받고 도망갈 녀석을 고용할 정도로 근시안적인 녀석이었다면 브로커로서는 실격이다.

"그러니까 걱정하지 않으셔도 될 겁니다."

"음……."

"일단은 우리가 해야 할 건 그곳을 습격하는 거니까 바로 움직이지요."

"그렇도록 하지."

남상주는 미리 준비한 방검복을 입고 단단하게 무장한 다음 조용히 봉고 위에 올라탔다. 그리고 조용히 사설 감옥으로 출발했다.

그렇게 어느 정도 그쪽으로 갔을 때였다.

끼이익!

엄청난 파열음과 함께 골목에서 튀어나오는 차량과 오토바이들.

"이 썅놈의 새끼들아!"

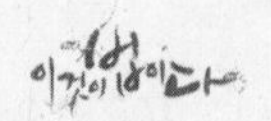

"미쳤어, 이 새끼들아!"

신호고 뭐고 무작정 내달리는 그들을 보고는 욕설하는 운전자들. 하지만 그들은 그게 들리지도 않는지 신호를 무시하면서 도로를 위험하게 내달릴 뿐이었다.

"진짜로 일은 확실하게 하는 모양이군."

그 모습을 본 남상주 변호사는 고개를 끄덕거렸다. 이 시간이 이 상황에서 급하게 튀어 나갈 곳은 그들밖에 없었다.

"조금만 더 기다려 보죠. 다른 곳에서도 더 일을 시작할 테니까요."

노형진의 말에 운전하던 직원은 차를 구석으로 붙였다.

아니나 다를까, 채 20분도 지나기도 전에 골목 안에서 무서운 속력으로 다른 차량들이 튀어나와서는 아까와는 반대쪽으로 내달리기 시작했다.

"당황한 모양이군."

"그럴 수밖에요."

동시에 두 곳에서 습격이 일어날 거라 예상하는 사람이 얼마나 되겠는가? 당연히 대기하고 있던 사람들의 입장에서는 당황할 수밖에 없었다.

"한 번 더 기다려야 하나?"

"아니요. 더 기다리면 안 됩니다. 나갈 만한 사람들은 다 나갔고 만일 다른 곳에서 습격이 진행 중이라는 걸 알면 도리어 여기를 노리는 것이라는 사실을 알아차릴 수도 있으니까요."

"그럼 바로 들어가지."

"네, 지금이 기회입니다."

남상주와 함께 장비를 확인한 노형진은 방검복을 입었다. 그러고는 봉고를 급가속해서 허름한 창고 쪽으로 달려들어갔다.

"뭐야!"

"습격이다!"

다른 곳에서 습격 중이라는 사실을 알아서일까? 빠른 속력으로 안으로 들어오는 차량을 보고 습격인 걸 알아차린 중국인들이 빠른 속력으로 튀어나왔지만 그 숫자는 그다지 많지 않았다.

"비었다! 쳐라!"

정우찬을 비롯한 경호 팀이 앞서서 튀어 나갔다.

"이런 개새……!"

"죽여 버려!"

녀석들은 눈에 불을 켜고 그들에게 달려들었다. 하지만 그건 가장 멍청한 짓이었다.

부아아앙!

"으악!"

차가 멈췄다고 모든 사람이 내린 것은 아니다. 그 점을 이용해 차에 타고 있던 운전자는 내리는 척만 하고 몸을 숙이고 있었는데 내려서 싸운 것이 버릇이 된 그들은 당연히 다 내렸을 거라 생각하고 달려들었던 것이다.

하지만 그들이 다 튀어나오자 운전사들은 그들을 차로 밀어 버리기 시작했다.

"이런 쌰앙!"

그들이 아무리 무장하고 살벌한 놈이라고 할지라도 차로 밀어 버리는데 대책이 있을 리 없다. 물론 밀어 버리는 수준이니 크게 다치지는 않을 것이다. 하지만 문제는 그게 아니었다.

빠악!

"크어억!"

3단 봉에 얼굴을 맞은 중국인 한 명이 몸을 팽그르르 돌리면서 바닥을 나뒹굴었다. 차로 밀어 버리는 방법으로 얻을 수 있는 가장 큰 이득은 저들이 차 때문에 서로 찢어져서 효율적으로 대응하지 못하게 되었다는 점이다.

"으아악!"

자신의 입에서 튀어나온 이들을 보면서 비명을 지르는 중국인. 그런 그에게 돌아온 것은 그의 무릎으로 떨어지는 3단 봉이었다.

"끄아악!"

그의 비명 소리에 다른 중국인 조직원들이 다가오려고 했다. 하지만 그럴 수가 없었다.

부아아앙!

급가속하면서 그들을 밀어 내는 차량들.

아무리 막 사는 그들이라지만 본능적으로 피할 수밖에 없었고, 그사이 또다시 몇 명이 앞으로 튀어나온 형국이 되고 말았다.

"이런 싯팔!"

"차부터 조져!"

그들은 운전기사들에게 달려들었지만 그들이 아무리 빨라도 차보다 빠를 수는 없었다.

차는 빠르게 후진했고 그들이 좀 떨어졌다고 생각하는 순간 다시 앞으로 튀어나오면서 그들을 밀어 버렸다.

"내 다리!"

피하려던 녀석은 다리가 꼬이면서 넘어졌고, 그 위로 자동차의 타이어가 타고 넘어갔다.

사실 빠르게 움직이는 위치라 크게 다치는 것은 아니다. 하지만 그는 통증 때문에 비명을 지를 수밖에 없었다.

"문 열어, 이 새끼야! 문 안 열어?"

애써 차 한 대를 에워싸고 운전자를 꺼내기 위해 창문을 두들기는 중국인 조직원들. 하지만 운전자는 그 안에서 히죽 웃을 뿐이었다. 이럴 때를 대비해서 미리 방탄 처리를 해 둔 것이다.

태앵!

"끄으응."

그걸 모르는 한 녀석은 풀 파워로 자신이 들고 있던 쇠파

이프를 앞유리에 휘둘렀다가 도리어 그게 튕겨 나가면서 손아귀가 찢어져 피를 철철 흘리기 시작했다.

"이런 싯팔."

그들이 차를 무섭게 노려보는 사이에 운전자는 마치 놀리듯 그들의 뒤쪽을 가리켰다. 자신도 모르게 고개를 돌린 그들의 눈에 들어온 것은 그들의 이를 향해 정확하게 날아오는 3단 봉이었다.

"크헉!"

입안의 옥수수 알을 허공으로 날리면서 바닥으로 나뒹구는 조직원들.

"이런 염병……."

수적으로도, 질적으로도 안 된다는 사실을 알아차린 그들이 도망가려고 했지만 그때마다 차들이 그들의 앞을 가로막았고, 결국 채 10분도 지나지 않아 남아 있던 사람들은 피를 철철 흘리면서 바닥을 나뒹굴 수밖에 없었다.

"정리가 끝났습니다."

정우찬이 무전기로 보고하자 그쪽으로 다가오는 노형진과 남상주.

"추가적인 녀석은 없습니까?"

"없습니다."

"들어가죠."

"네, 노 변호사님. 저희가 선두에 서겠습니다."

그들이 선두에 서서 안으로 들어가자 창고에는 보이는 것이라고는 몇 개의 커다란 컨테이너 박스뿐이었다.

"뭐지?"

"잘못 온 거 아닙니까?"

순간 사람들이 묶여 있을 거라 생각했던 사람들은 갸웃했다. 그런데 컨테이너 박스라니.

하지만 노형진은 그게 바로 감옥이라는 사실을 알아차렸다.

"이봐요! 아무도 없습니까? 구해 드리러 왔습니다!"

컨테이너를 두들기면서 소리를 지르자 안쪽에서 들리는 희미한 목소리.

"여기요……!"

"사람…… 사람이 있습니다! 살려 주시오!"

분명 그들은 사력을 다해 외치는 것일 테지만 이상하게도 그들의 목소리는 가늘게 들리고 있었다.

'망할 놈들.'

외부에 소리를 질러서 구조 요청하는 것을 막기 위해 내부에 방음 처리를 한 것이 분명했다.

"노 변호사님?"

"노 변호사님 맞죠?"

그 순간 그 희미한 목소리 안에서 들리는 익숙한 목소리.

"두 분? 여기 계신 겁니까? 괜찮아요?"

"노 변호사님! 구해 주러 오실 줄 알았습니다! 아, 신이시여, 감사합니다! 여기 있습니다!"

"조금만 기다리세요. 당장 구해 드리겠습니다!"

노형진이 컨테이너에서 떨어져서 손짓하자 뒤에서 대기하고 있던 다른 직원이 유압식 절단기를 들고 다가왔다. 컨테이너는 죄다 커다란 열쇠로 잠겨 있었기 때문이다.

그걸 예상한 노형진은 번거롭게 열쇠를 찾기보다는 그냥 뭐든 잘라 낼 수 있는 유압식 절단기를 빌려 온 것이다.

위이이이, 철컹.

절단기의 압력을 가하는 소리가 들리자 순식간에 열쇠는 두 동강이 나 버렸다.

"어서 빨리 열어요! 어서!"

노형진은 재빨리 다가가서 열쇠를 당기고 문을 열었다. 그 순간 그 안에서 풍기는 엄청난 냄새.

"욱!"

노형진은 자신도 모르고 주춤주춤 뒤로 물러났다.

제법 쌀쌀한 날씨임에도 불구하고 그 안에서는 후덥지근한 공기가 밀려 나왔는데, 거기에는 온갖 땀 냄새와 오물 냄새가 가득했다.

"노 변호사님!"

컨테이너는 가운데 좁은 통로를 두고 양측으로 몇 개의 방으로 나뉘어 있었고 각각의 방에는 한 명씩 사람이 들어 있었다.

"노 변호사님!"

구석에 있던 직원들의 목소리에 노형진은 안으로 뛰어들어 갔다.

"괜찮습니까?"

노형진은 그렇게 물어보면서도 괜찮다고 물어보기가 무척이나 미안했다. 그럴 수밖에 없는 게 두 사람의 온몸은 멍으로 가득했기 때문이다.

"이 정도는 그냥 파스 붙이면 낫습니다."

그들은 애써 그렇게 말했지만 그렇지 않다는 것을 노형진은 누구보다 잘 알고 있었었다.

"일단 이곳을 나갑시다."

노형진은 바깥으로 손짓했다. 이 쇠로 된 창살을 부수기 위해서였다.

"이걸 다 자르려면 오래 걸립니다. 저기 문에 열쇠가 있더군요."

"열쇠요?"

"네."

그 소리를 들은 남상주는 재빨리 문으로 달려갔다. 그리고 거기에 붙어 있는 고리에서 열쇠를 빼 들었다.

"여기 있네! 여기 있어!"

번호가 붙어 있는 열쇠를 가져다가 문을 여는 남상주.

"나도! 나도 꺼내 주시오!"

그걸 보고 다른 사람들도 난리가 났다.

노형진은 남상주 변호사에게 열쇠를 받아서 문을 열면서 바깥을 향해 소리를 질렀다.

"다른 컨테이너도 열고 사람들을 꺼내세요! 녀석들이 돌아올지도 모릅니다!"

노형진의 말에 서둘러 움직이는 사람들.

유압 절단기로 그 철문을 열 때마다 지독한 냄새가 풍겼다. 그럴 수밖에 없는 게 환기 시설이 전혀 없는데 그들에게는 소변과 대변을 볼 수 있는 통 하나 준 게 다였기 때문이다. 그리고 그마저도 제대로 치워 주지 않은 게 분명했다.

"얼마나 됩니까?"

"스무 명쯤 됩니다."

"스무 명요?"

"네."

컨테이너 하나당 최대 열 명 정도 들어갈 수 있었다. 그런 컨테이너가 다섯 개.

"음……."

노형진뿐만 아니라 남상주의 얼굴조차 파랗게 질렸다. 그럴 수밖에 없는 게 지금 있는 사람이 스무 명이면 그 전에 얼마나 많은 희생자가 있는지 알 수가 없기 때문이다.

"당장 사람들을 꺼내서 여기서 나갑시다. 혹시나 못 움직이는 사람들은 부축해서 나갑시다."

"네!"

사람들은 너도나도 감옥 문을 열고 그 안에 잡혀 있는 사람들을 데리고 나가기 시작했다. 하지만 그들은 나가다가 멈춰서 주변을 둘러볼 수밖에 없었다. 창고 밖에서 그들을 에워싸고 있는 사람들을 발견했기 때문이다.

"이건……."

살벌한 표정으로 자신들을 노려보고 있는 사람들. 그들은 노형진과 함께 습격하기로 한 작자들이었다.

"꿀꺽……."

자신도 모르게 침을 삼키는 남상주. 노형진은 그들을 보다가 앞으로 천천히 나섰다.

'이유가 있을 거야.'

저들은 남상진의 소개로 오기는 했다. 하지만 그들 역시 중국계 조직 폭력단인 것이 사실. 일단 저들이 이 앞으로 가로막고 있다는 것 자체가 목적이 있다는 소리였다.

"우리 일은 끝나지 않았나요?"

노형진은 부축하고 있던 사람을 다른 사람에게 넘기고는 앞으로 나서서 그들에게 물었다. 자신은 중국어를 모르지만 저들은 한국에 와 있으니 누군가는 할 줄 알 거라 생각했기 때문이다.

아니나 다를까, 그들 중 한 명이 앞으로 나서면서 쓰러진 사람들에게 들고 있던 방망이를 가리켰다.

"저들을 넘겨라."

"저들?"

노형진은 그들을 바라보았다. 쓰러진 사람들. 그들은 바로 중국 조직원들이었다.

"저들을 왜?"

노형진은 말하다가 멈칫했다. 그들의 눈에서 빛나는 형용할 수 없는 분노와 뭐라고 표현할 수 없는 느낌을 받을 수 있었다.

"저들을 어떻게 할 생각이지?"

하지만 그들은 대답하지 않았다. 도리어 노형진에게 반문할 뿐이었다.

"그러면 너희는 어쩔 거지? 경찰에 신고할 건가? 기껏해야 몇 년 살고 나올 텐데? 아니, 대부분은 그저 추방으로 끝나지 않을까? 대한민국은 공식적으로 장기 밀매 조직은 없다는 게 공식적 입장 아닌가?"

"……."

그들도 잘 알고 있었던 것이다. 경찰의 무능을 말이다.

"그러니 데리고 가 봐야 제대로 조사도 안 하고 풀어 줄 텐데?"

"……."

"그러면 우리가 곤란해져."

저들은 적이다. 풀려나면 자신들이 공격당한다.

더군다나 저들에게 잡혀가서 실종된 동료들이 한두 명이

아니다.

물론 공식적으로 실종이지, 저들에게 끌려간 이상 그 이후는 뭐라고 말할 수가 없다. 하지만 자신들 중 상당수는 불법 체류자들이라 신고도 못 하는 것이 현실.

"넘겨."

각자 무기를 꽉 쥐는 사람들.

그걸 보고 남상주는 침을 꿀꺽 삼켰다. 하필이면 사람들을 구하느라고 차에서 운전사들까지 다 내린 상황.

"노 변호사, 어떻게 하는 게 좋겠는가?"

노형진을 바라보는 그의 모습은 진짜로 난감해 보였다.

노형진은 그들을 바라보다가 고개를 끄덕거렸다.

"일단은 물러나죠."

"하지만 저들은……."

"저들도 각오하고 시작한 일입니다."

사람을 죽이고 팔아먹는 것 자체가 그냥 그저 그런 조폭들의 수준을 벗어난 셈이다. 즉, 그들은 인간의 길을 포기한 것이다.

"그건 자신들이 책임질 일입니다."

"하지만……."

"우리는 이들의 생명을 지키기도 벅찹니다."

노형진은 고개를 돌려서 부축받고 있는 사람들을 바라보았다.

"그리고 여기서 우리가 싸워서 이길 수 있을까요?"

"……."

저들은 백쉰 명이 넘고 완전무장한 상태다. 그에 반해서 이쪽은 다 합쳐도 싸울 수 있는 사람이 스무 명이 안 된다.

"모두를 구할 수는 없습니다."

노형진은 단호하게 선을 그었다.

"그리고 구해 준다면 전 선한 사람을 구하겠습니다. 악한 자를 위해서 선한 사람의 목숨을 버리고 싶지는 않습니다."

"하지만……."

여전히 사람의 목숨이 걸린 일이라는 생각에 주저하는 남상주 변호사.

"남 변호사님, 제가 제일 싫어하는 게 대책 없는 이상론입니다. 물론 저들도 구해서 법의 심판대에 세우면 좋겠지요. 하지만 그럴 수 있는 상황이 아니잖습니까?"

"……."

맞는 말이다. 그렇게 되면 피해를 각오하고 싸워서 이겨야 한다. 운이 좋으면 이길 수도 있지만 그 와중에 몇 명이나 다치고 몇 명이나 죽을지 알 수 없다.

'그리고 과연 저들을 신고한다고 해도 제대로 된 처벌을 받기나 할까?'

여기저기서 항쟁이 일어난 지 상당한 시간이 지났다. 사실 저들이 자기 구역을 정리하고 왔다는 것 자체가 엄청난 시간이 지났다는 뜻이다. 하지만 경찰이 왔다는 소리도 들리지 않았다. 남상진의 말대로 그들은 항쟁을 피하기 위해 신고를 무시하고 있었던 것이다.

'이런 식이라면 당연히 우리가 신고한다고 한들 제대로 처리될 리 없다.'

일단 신고해서 경찰이 올지도 의문이고, 설사 온다고 한들 그들을 처벌하기 위해서는 자신들이 신고를 무시하고 출동하지 않은 것을 인정해야 한다.

더군다나 경찰에서 절대로 인정하지 않는 한국 내 장기 밀매 조직을 인정해야 한다. 당연히 그걸 인정하려고 하지 않을 테니 아마도 최저 형량을 받고 나올 가능성이 높다.

'그렇게 되면 당한 사람만 억울하지.'

정의를 지키는데 정의로운 사람이 다 손쓸 필요는 없다. 이이제이라는 말처럼 다른 누군가의 손을 빌려도 상관은 없다.

"우리는 물러나겠다."

한쪽을 터 주는 무리들. 무슨 일이 벌어지는지 알게 된 녀석들은 처절하게 비명을 지르기 시작했다.

"안 돼!"

"경찰! 경찰을 불러 줘!"

"한국 경찰은 어디 있는 거야!"

"자수할게! 자수할 테니 데려가 줘!"

발악적으로 소리를 지르는 그들이었지만 승리한 조직원들은 그들을 다시 창고로 끌고 갈 뿐이었다.

"……."

좌중에 흐르는 침묵.

노형진은 가장 먼저 몸을 돌렸다.

"결국 자신이 선택한 길로 가는 법입니다. 이런 말이 있지요. 칼로 흥한 자, 칼로 망한다고."

"후우."

남상주는 그저 머리를 흔들 뿐이었다.

"우리에게는 아직 남은 싸움이 있습니다. 그리고 그걸 끝내야 하구요."

수백 수천의 피해자들을 만든 저들의 목숨 따위는 노형진에게 중요한 게 아니었다.

"갑시다, 우리의 전쟁터로."

노형진의 말에 사람들은 분분히 차에 올라타기 시작했다.

"친애하는 재판장님."

노형진은 재판장을 보면서 천천히 입을 열었다.

경찰의 답변은 집요하지만 끈질겼다. 남자는 저항할 능력이 있기 때문에 보호할 이유가 없다는 것이었다. 증거는 없이 거의 우기기에 가까운 논조였지만 정부의 기관인 관계로 재판부는 알게 모르게 그들의 편을 들어 주고 있었다.

'하긴 조폭 계열 변호사를 쓴다는 것 자체가 이미 통제권이 넘어갔다는 뜻이겠지.'

딱 봐도 방어하는 변호사들은 그들과 밀접하게 관계가 있어 보였다. 그런 변호사들이 그냥 들어가지는 않을 테니 분명 누군가 아마도 학도림이 중간에서 장난을 쳤을 것이다.

'과연 이것도 막을 수 있나 보자.'

하지만 노형진은 가장 확실한 증거가 있었다.

"피고들의 주장은 남성이 저항 능력이 있기 때문에 지켜주지 않아도 잘 살아 돌아오며 일반적으로 남성들은 가출을 자주해서 수사력 낭비라는 것입니다."

"그게 현실입니다! 지금 벌어지는 수많은 가출 사건을 보십시오!"

변호사의 말에 노형진은 비웃음이 올라왔다.

수많은 가출 사건들. 그건 그들이 가출로 처리했으니까 가출인 거지, 진짜로 가출로 밝혀진 것은 드물었다.

"그렇다면 다음 증인들에게 뭐라고 하실지 대답을 준비해 놓으시는 게 좋을 것 같군요."

"대답?"

"네, 재판장님. 전에 말씀드린 증인들을 신청하고자 합니다. 그리고 원고를 추가하고자 합니다. 이 증인 및 원고들은 얼마 전 극적으로 장기 밀매 조직으로부터 탈출하신 분들입니다. 그들은 모두 가출로 처리되어 있더군요. 심지어 접수

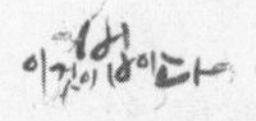

거부로 아예 가출로 기록되지도 않은 분들도 있고요."

기자들이 웅성거리기 시작했고 경찰 측 변호사의 얼굴이 창백해지기 시작했다.

'그래, 네놈은 알고 있겠지.'

저 녀석은 그 조직과 관련된 변호사다. 당연히 얼마 전 있었던 항쟁에 대해서 알 것이다. 물론 그때 잡혀 있던 사람들은 다 죽거나 반대 조직의 손아귀에 떨어졌다고 생각했겠지만 말이다.

"과연 이들이 저항할 힘이 있는데 자발적으로 장기 밀매 조직으로 들어갔을까요?"

그러자 상대방 변호사는 벌떡 일어나서 소리를 질렀다.

"말도 안 됩니다! 대한민국에 장기 밀매 조직은 없습니다! 이건 승리를 위해서 증인을 조작하는 행위입니다! 재판장님, 불허해 주십시오!"

소리를 버럭버럭 지르면서 흥분하는 변호사. 하지만 도리어 그런 그의 행동은 판사의 의심을 사게 만들었다.

"피고 측 변호인. 저쪽에서 증인을 미리 신청했고 이미 증인 명부는 보냈을 텐데요?"

"위증입니다! 이건 조작이에요!"

노형진은 코웃음을 쳤다. 확실히 그의 말대로 위증할 수도 있고 조작할 수도 있다. 하지만 그게 불가능한 게 하나 있었다.

"그럼 이것까지 위증인지 한번 볼까요?"

노형진은 가방에서 뭔가를 꺼내서 재판부 앞으로 나아갔다.

"재판장님, 이것은 얼마 전 익명으로 온 장기 밀매 조직의 장부입니다."

"장부!"

"밀매 조직?"

"진짜로 있는 거야?"

사람들은 경악을 금치 못했다.

노형진은 사람들의 시선을 받으면서 그 서류를 앞으로 내밀었다.

"위증입니다! 조작된 증거예요!"

악을 쓰는 경찰 측의 변호인.

"네, 이 모든 증거는 가짜로 만들 수 있습니다. 서류는 가짜로 만들 수 있고 증인들은 그들에게 돈을 주고 고용할 수도 있겠지요."

그런데 의외로 순순히 노형진이 그걸 인정하자 도리어 악을 쓰던 그 변호사가 할 말이 없어졌다. 하지만 노형진이 그냥 순순히 받아들일 사람이 아니었다.

"하지만 말입니다, 이 피해자들의 가족들이 한 신고와 그 접수를 거부하고 실종 신고가 아닌 가출 신고로 돌린 경찰의 행동은 감출 수가 없지요. 그리고 그 가족들의 고통과 고민 그리고 결국 돌아오지 못하게 된 피해자의 가족들의 절망감 역시 가짜로 만들 수는 없는 겁니다."

점점 조용해지는 주변.

노형진은 마지막으로 종이를 피고 측 변호사의 탁자 위에 탕 소리가 나게 내리쳤다.

"그리고 이 목록에 있는 사람들의 장기의 유전자도 가짜로 만들 수 없을 것 같은데요? 안 그렇습니까? 그리고 이 목록에 당신 이름도 있는데, 후후후. 이 모든 게 간 때문인가요? 유전자 검사 한번 해 보면 될 것 같은데요?"

그 목록을 본 변호사는 얼굴색이 점점 새파래지기 시작했다.

"가출?"

얼마 뒤 노형진은 승리의 소식과 함께 더불어 생각지도 못한 소식을 함께 들었다.

"그렇다는군."

이 재판은 어차피 처음부터 이기는 싸움이었다.

노형진이 그곳에서 가지고 온 관련 서류에서는 피해자뿐만 아니라 그들에게 뇌물을 받던 사람들의 목록이 다 들어 있었다.

현장에 있던 변호사는 제대로 답변도 하지 못한 채로 바로 체포되어서 끌려 나가 유전자 검사를 받았는데, 실종된 남자의 유전자가 그의 간에서 나왔다.

전국이 또다시 발칵 뒤집혔고 이식수술을 받은 명단의 사람들은 너도나도 불려 오기 시작했다. 벌써 수십 명이 구속되고 수백 명이 수사받는 중이었다.

지금까지 장기 밀매 조직은 없다고 우기던 경찰은 사실을 인정할 수밖에 없었고, 지금까지 실종, 아니 가출로 처리된 모든 사람들에 대한 전면적인 재조사가 이루어지기 시작했다.

하기 싫어도 해야 했다. 경악한 사람들이 단순히 일하기 귀찮아서 접수를 거부한 게 아니라 국민들의 장기를 팔아먹으려고 한 거 아니냐고 들고 일어나기 직전의 상태가 될 정도로 분위기가 흉흉해졌기 때문이다.

'뭐, 진짜 그럴 리는 없지만.'

아무리 대한민국 경찰이 무능하다고 해도 그 정도는 아니다. 하지만 확실한 건 그들이 남자를 수사하지 않는 그 잘못된 관행이 결국 이 모든 사태를 불러온 것이다.

하지만 속속 증거가 나오자 경찰 측 관계자들은 어찌할 수가 없었다. 당장 조금이라고 일하기 귀찮아서 접수를 거부하면 당장 중국 장기 밀매 조직으로부터 돈 받은 거 아니냐는 의심을 받았기 때문이다. 그리고 그 결과는 비참했다.

"10%라."

진짜로 수사한 결과, 진짜로 가출한 비율 10%.

나머지는 어디에서도 찾을 수가 없었다. 사고일 수도 있고 살인일 수도 있다.

'아마도 현재 수사 중인 사람들에 대한 검사가 끝나면 사

망자는 더 늘어나겠지.'

목록상에 이름이 올라간 사람들은 의료 기록을 살피고 난 후 이상이 있었던 장기에 대한 유전자 검사를 시행하게 되었다. 그리고 경찰서는 그 유전자와 비교하기 위해서 자신의 유전자를 제공하기 위해서 몰려드는 사람들로 매일같이 인산인해를 이루고 있었다.

"그런데 그 녀석이 실종이라니 의외군요."

"정확하게는 가출이네."

"가출요. 훗."

노형진의 입에 비웃음이 떠올랐다.

"아직도 그 버릇 못 고친 건가요?"

"아니야. 실제로도 가출로 신고되었네."

"하긴 그럴 수밖에 없겠네요."

누구도 학도림 그를 찾고 싶지 않을 것이다.

학도림이 살아 돌아오면 경찰은 곤란해진다. 그를 통해 돈을 받은 사람들이 드러날 텐데, 그 돈이 어디서 온 건지 모르지만 그를 통해서 받았다는 것만으로도 장기 밀매 조직과 연관될 테니까.

가족들 역시 그냥 그가 죽었다고 생각하게 다른 곳에서 자신들의 삶을 꾸리는 게 더 나은 선택이라 판단할 것이다.

"이번 싸움은…… 끝이 참 씁쓸하군."

송정한은 멍하니 창밖을 바라보았다.

길게 늘어선 사람들.

그들은 두 번째 소송을 위해서 모여들고 있는 희생자들의 가족이었다. 첫 번째 소송에서 승리하고 나자 더 많은 가족들이 모여들고 있었던 것이다.

"네…… 씁쓸한 승리입니다."

노형진 역시 안타깝다는 듯 말할 수밖에 없었다.

"푸하!"

학도림은 마스크가 벗겨지자 거칠게 숨을 몰아쉬었다.

"으으으……."

퇴근하던 도중 갑자기 자신에게 달려온 한 대의 차.

그는 피하려고 했지만 제대로 저항도 하지 못하고 결국 끌려올 수밖에 없었다. 건장한 남성은 어떤 범죄에도 저항할 수 있다는 경찰의 주장은 애초부터 틀려먹은 것이었던 것이다.

"이봐, 학도림. 내가 자네를 그 자리까지 올리느라고 얼마나 고생했는지 아나?"

"압니다…… 어르신. 압니다. 잘 알고 있습니다."

"그런데 왜 그랬어?"

"제가 한 게 아닙니다! 한 번만 기회를 주시면……!"

어둠 속에서 들리는 남자의 목소리.

그 목소리를 알아들은 학도림은 다시 한 번 기회를 잡기 위해 고래고래 소리를 질렀다. 하지만 상대방의 목소리는 차갑기 그지없었다.

"기회? 무슨 기회? 네놈에 대한 수사가 시작된 거 모르나? 넌 더 이상 그 자리에 있을 수가 없어. 아마도 영원히 감옥에서 살겠지."

"아닙니다. 전 할 수 있습니다. 기회를 주신다면 얼마든지 재기할 수 있습니다."

"재기라……. 후후후."

하지만 어둠 속의 남자, 천성계는 그렇게 생각하지 않았다. 그는 학도림을 재기시키는 것보다는 더 좋은 방법을 알고 있었던 것이다.

"자네를 재기시키려면 못해도 40억은 써야 할걸? 하지만 말이야."

어둠 속에서 나오는 한 남자. 그리고 그 남자를 본 학도림의 눈은 격하게 떨리기 시작했다.

"네놈을 팔아서 만든 돈이면 못해도 세 명은 교육시켜서 그 자리를 노릴 수 있단 말이지. 과연 어떤 게 남는 장사일까?"

"어르신! 천성계 어르신! 할 수 있습니다! 할 수 있습니다! 하겠습니다! 제발 하게 해 주십시오!"

그는 소리를 지르면서 온몸을 비틀었다. 하지만 온몸이 꽁꽁 묶여서 그의 몸은 움직일 수조차 없었다. 머리부터 몸통 발이나 손가락 하나까지 움직일 수 없게 고정되어 있었던 것이다.

"아니야. 그건 내 손해가 너무 커."

'드르륵' 하는 의자 끄는 소리. 그리고 문 열리는 소리. 분명 그가 나가는 소리였다.

"어르신! 용서해 주십시오! 제발! 뭐든 다 하겠습니다!"

학도림은 살고 싶었다. 진짜로 살고 싶었다. 그래서 그는 목이 터져라 비명을 질렀다. 그 순간 닫히던 문이 멈추었다.

"아, 맞다."

그걸 보고 학도림은 혹시나 살 수 있지 않을까 하는 기대를 하고 그쪽으로 뚫어지게 바라보았다. 하지만 그쪽에서 들려온 목소리는 이루 말할 수 없이 차가웠다.

"이번에 손해가 커서 그러니까 돈을 좀 아껴야겠어. 마취약이라도 아끼자고."

"알겠습니다."

파란색의 수술용 가운을 입은 남자의 차가운 목소리. 그리고 차갑고 날카로운 메스가 그의 가슴부터 천천히 타고 내려가기 시작했다.

"끄아악!"

천성계는 그 말을 들으면서 문을 닫았다. 그러고는 나지막하게 중얼거렸다.

"노형진이라. 이거, 곤란한 녀석이군."

'철컹' 하는 소리와 함께 그곳은 침묵으로 텅 비어 버렸다.

싸가지는 없는데 이유는 있네

노형진의 삶은 여느 직장인들과 비슷하다. 출근하고 퇴근하고 일에 빠져 살고. 다른 점이 있다면 또래와 다르게 그다지 여자에게 관심이 없다는 정도일까?

'나도 연애를 해야 하나? 근데…… 영 기분이 안 나는데.'

몸은 한창인데 머릿속은 다 늙은 노인네다 보니 그다지 여자를 만날 기분이 들지 않았던 노형진은 심각한 고민이 들 정도였다.

'아무리 죽다 살았어도 트라우마는 따라다닌다는 건가?'

이제는 과거, 아니 미래의 없었던 일이 되었다지만 아내에게 당했던 배신의 상처는 아직도 남아 있고 그 때문에 여자를 아직까지 이성으로 보지 못하는 노형진이었다. 오늘도 당장 회사 동료의 결혼식에 갔다 오는데 그저 쓴웃음만 나올 뿐이었다.

'그래. 뭐, 일단은 좀 천천히 생각하자. 아직은 젊으니까. 아니, 이 정도면 어리다고 봐야 하나?'

피식 웃으면서 노형진은 머릿속의 상념을 떨쳐 버렸다.

그에게 남은 시간은 아직 많다. 물론 당장 내일을 모르는 게 인생이라지만 말이다.

"일단은 일이나 하자. 언젠가 마음이 내키면 결혼하는 거고."

노형진이 그렇게 생각하면서 새로 이사한 집으로 향했다. 얼마 전 오피스텔에서 벌어진 사건 이후 정이 다 떨어진 그는 다른 곳으로 이사했기 때문에 가다 보면 유흥가를 지나야 했다.

그렇게 집으로 가는 그때였다.

"형."

"……."

"형!"

"응? 나?"

노형진은 형이라는 말에 무심결에 돌아봤다가 자신을 부르는 걸 알고는 고개를 돌려서 상대방을 확인했다. 하지만 거기에 있는 아이는 자신이 모르는 애였다.

"누구니?"

"맞네. 형이네."

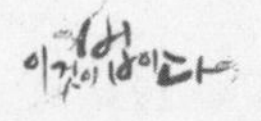

"에이, 아저씨인 줄 알았는데."

"양복 입으면 다 아저씨냐?"

투닥거리는 두 녀석.

노형진은 얼굴을 찡그렸다. 고작 그런 장난 때문에 자신을 불렀단 말인가?

"그거 확인하러 불렀냐?"

"아뇨. 그건 아니고."

슬쩍 다가오는 두 녀석.

"형, 혹시 영계 먹어 볼래요?"

"뭐?"

순간 그 녀석의 말에 노형진은 당황했다.

영계라니. 물론 영계가 뭔지는 안다. 어린 닭을 말한다. 하지만 딱 봐도 저 두 녀석이 치킨집이나 삼계탕집의 삐끼일 가능성은 없어 보였다.

"영계?"

"네, 끝내주는 애들이 있거든요."

히죽거리는 녀석들을 보니 아무래도 진짜 닭은 아니라는 생각이 들었다.

"음……."

"끝내준다니까요. 아주 파릇파릇해요."

노형진은 그 두 놈을 바라보았다.

대략 열여덟에서 열아홉 정도 되어 보이는 녀석들이었다.

그리고 그들의 행동을 봤을 때 노형진은 저들이 무슨 소리를 하는지 모를 리 없었다.

"몇 살인데?"

"열네 살이랑 열다섯 살요."

"두 명?"

"네."

"둘 다 볼 수 있어?"

노형진은 히죽 웃으면서 지갑에서 수표 한 장을 꺼내 살랑 살랑 흔들었다.

100만 원짜리 수표를 본 두 녀석은 자신도 모르게 침을 꿀꺽 삼켰다. 100만 원이면 못해도 일주일은 놀고먹을 수 있는 돈이다. 그것도 돈을 아주 펑펑 써 가면서 말이다.

"둘 다요?"

"그래, 동시에."

"아항…… 그런 취향이시구나."

히죽 웃는 두 녀석.

"가능해?"

"가능하죠."

"그래? 그럼, 알지?"

노형진은 옆에 있는 모텔을 눈짓으로 가리켰고 그 둘은 히죽 웃으면서 고개를 끄덕거렸다.

"호실 알려 주시면 바로 데려올게요."

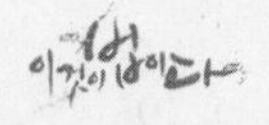

"그래라."

"아, 그리고 좀 나이도 있는 애도 있는데."

"나이?"

"열여덟 살."

"호오? 하긴 어린애들은 쪼금 볼륨감이 부족하기는 하지."

"그건 따로 내야 하는데?"

노형진은 안에서 100만 원짜리 하나를 더 꺼내서 흔들었다.

"까짓 푼돈에 내가 뭐라고 할 것 같냐?"

"으흐흐."

그걸 본 두 놈은 재빨리 어디론가 뛰어갔다.

그러자 노형진은 즐거운 마음으로 모텔로 가서 방을 잡고 어디론가 전화한 뒤, 느긋하게 앉아서 기다리기 시작했다.

그렇게 얼마나 지났을까?

"딩동."

벨 소리에 노형진이 문을 열자 거기에는 세 명의 여자아이들이 서 있었다.

"들어와."

노형진이 안으로 손짓하자 어려 보이는 두 아이는 쭈뼛거리면서 안으로 들어온 반면 열여덟 살짜리는 거침없이 안으로 들어왔다.

"아저씨가 그 호구예요?"

"호구?"

"우리 세 명 보는데 200 불렀다면서요? 나 같으면 차라리 곱상한 애들 스폰을 하겠네."

열여덟 살짜리는 껌을 짝짝 씹으면서 시큰둥하게 이야기했다.

"뭐, 호구라면 호구지."

"그럼 이제 어떻게 해요? 벗어요? 아니, 그건 뭐 당연한 건가?"

그녀는 두 아이를 바라보면서 시큰둥하게 말했다.

"야, 빨리 벗어."

"어…… 언니."

"이 바닥이 원래 그래. 그래도 당분간은 편하게 지낼 수 있잖아."

"저…… 한 번도……."

"그냥 누워 있어. 저 호구 아저씨가 자기가 알아서 할 거야. 그렇죠? 설마 레즈 플레이 같은 거 요구하는 건 아니죠? 얘들은 처음이라 그런 거 못할 텐데. 하긴 처녀 두 명 따먹고 200이면 땡잡은 건가?"

그녀는 말하고 있기는 하지만 명백하게 노형진에게 적대적이었다. 즉, 그녀도 오고 싶어서 온 게 아니라는 뜻이다.

"뭐, 옷 벗는 건 나중에 하고, 도대체 왜 이런 짓을 하는 거니?"

그 말은 들은 가장 큰 언니는 얼굴을 찌푸렸다.

"뭐야. 또 꼰대 짓 하려고요? 아, 짜증. 그냥 몸이나 풀고

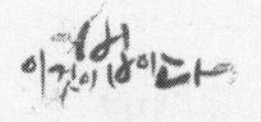

가요. 꼰대 짓 하지 말고."

짜증스럽게 말하는 그녀.

"내가 너희를 건드릴 거라 생각하는 거냐?"

"그러지 않은 사람 없거든요. 일장 연설하던 인간들도 내가 간다고 하니까 바지 내리고 무섭게 달려들던데요, 뭘."

피식 웃는 여자애. 그만큼 실망을 많이 했다는 뜻이리라.

"에, 일단은 너희가 알아야 할 게 세 가지 있다. 첫째, 너희한테 손댈 생각은 없다는 거. 둘째, 너희한테 돈 줄 생각도 없다는 거."

그 말을 하자 열여덟 살짜리 애는 당장 눈을 찡그리더니 벗으려던 옷을 다시 확 입었다.

"아, 썅! 그냥 꼰대잖아! 잘못 물었네. 야, 가자!"

두 아이를 끌고 나가려고 하는 큰 아이. 하지만 나갈 수가 없었다. 노형진의 세 번째 말이 아직 끝나지 않았기 때문이다.

"그리고 세 번째로 그냥 호락호락하게 보낼 생각도 없다."

"무슨 소리예요? 아저씨가 안 보내면 어쩔 건데요? 우리 팸에서 그냥 있을 것 같아요?"

화를 버럭 내는 여자애들.

그 순간 문을 두들기는 소리가 들렸고 노형진은 조용히 문으로 가서 그걸 열었다. 그러자 아까 그 두 녀석이 경호원들의 손에 귀를 잡힌 채로 질질 끌려들어 왔다.

"아야야야."

"잘못했어요. 엉엉엉."

눈물을 질질 짜는 그 녀석들의 얼굴에는 벌써 멍이 들어 있었다.

"팸이 이 녀석들? 이 녀석들이 너희들을 지켜 줄 거라 생각한 거야?"

그걸 보고 사색이 되는 아이들.

"자, 그럼 이야기를 한번 해 볼까? 다들 앉아 봐."

"쌍…… 그냥 공짜로 먹고 싶다고 해요! 왜 애들을……. 벗으면 되잖아요!"

"아까도 말했지만 난 너희들한테 손댈 생각 없다. 저 두 녀석은 현행법을 위반한 현행범이니까 당연히 체포 대상이고 경찰도 오고 있을 거야."

더욱 사색이 되는 아이들.

"도망갈 생각은 마라."

피식 웃는 노형진.

"경찰이 뭐라고 하는지 한번 두고 보자꾸나, 아그들아."

노형진은 그냥 가볍게 생각했다. 저 아이들을 경찰에게 넘기고 나면 자신이 할 일은 없다. 이제 경찰이 알아서 할 것이다.

그런데 그다음 순간 벌어진 일이 노형진과 사람들을 깜짝 놀라게 만들었다.

"보내 줘요."

"뭐라고?"

"보내 달라고요!"

"미안하지만 안 되겠는데? 저 어린애들이야 그렇다고 해도 저 녀석들은 딱 봐도 성인이거든."

무릎을 꿇고 있는 두 남자 놈을 보면서 고개를 흔드는 노형진.

그들은 성인이 맞다. 그리고 딱 봐도 가출한 애들을 이용해서 성매매를 시키면서 돈을 착취하는 녀석들이었다.

"이 녀석들은 봐줄 수가…… 야!"

노형진은 말을 하다 말고 깜짝 놀랐다. 여자애가 어느 틈엔가 칼을 가방에서 꺼내 자기 목에 들이밀고 있었던 것이다.

"보내 줘! 안 그러면 콱 죽어 버릴 거야!"

"야…… 진정해라……. 일단 그렇게 생각하지 말고 너희는 처벌받지 않으니까……."

처음에는 처벌이 두려워서 그러는 줄 알았다. 그런데 그 아이의 입에서 나온 말은 생각지도 못한 말이었다.

"그 망할 집에 끌려가느니 차라리 죽는 게 나아."

"언니!"

"어…… 언니!"

부들부들 떠는 아이들. 하지만 그 아이는 절대로 가기 싫은 얼굴이었다.

"진짜 가는 거 아니잖아."

"웃기지 마. 경찰이 하는 거라면 뻔하지. 조서 쓰고 부모

부르고 그 후에 훈방이랍시고 부모가 데려가게 하고! 내가 왜 그 꼴을 당해야 하는데!"

절망적으로 소리를 지르는 아이.

노형진은 직감적으로 뭔가 있다는 걸 알아차렸다.

"보내 줘요…… 제발……."

이제는 거의 애원하는 눈빛으로 바라보는 아이.

노형진은 그런 여자애를 바라보다가 결국 무릎을 꿇고 있는 두 녀석을 둘러보았다.

"후우."

저 녀석들을 경찰에 신고해서 처벌받게 하는 것은 쉬운 일이다. 하지만 그렇게 하면 저 아이들도 드러나게 된다. 하지만 저런 상태를 보니 이유가 있는 것 같았다.

"풀어 줘요. 아, 그리고 신분증은 빼앗구요."

"변호사님?"

"변호사?"

"변호사였어?"

고작해야 대학생쯤 되는 금수저인 줄 알았는데 변호사라니?

"일단은 저 녀석들을 처벌하는 것보다 사정이 어떤지는 모르겠지만 이 아이들을 도와주는 게 우선일 것 같군요. 아홉 명의 범인을 놓치더라도 한 명의 억울한 피해자를 만들지 말라는 말도 있지 않습니까? 일단 풀어 주세요. 신분증을 빼앗아 뒀다가 다시 걸리면 그때 처넣으면 됩니다."

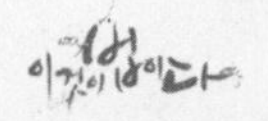

노형진의 말에 경호원들은 두 녀석의 지갑을 뒤져서 신분증을 빼앗았다. 그러고는 모텔 바깥으로 쫓아 보냈다.

"자, 저 녀석들은 보냈으니 이제 경찰은 올 일이 없다."

"불렀다며!"

"우리가 장소를 옮기면 되지."

"그냥 보내 줘."

"일단 이야기를 들어 보고 결정하자."

"난…… 난……."

그 순간 들리는 꼬르륵거리는 소리. 자연스럽게 사람들의 시선은 그곳으로 향했다. 그러자 어린아이들이 어쩔 줄 몰라 했다.

"일단은…… 밥부터 먹지그래? 경찰을 부르지도 않고 너희들을 강제로 돌려보내지도 않으마."

그렇게 말하자 기운이 빠진 아이는 결국 자기 목에서 칼을 떼어 내고는 고개를 끄덕거렸다.

⚖

"천천히 먹어라."

근처에 있는 부대찌개집.

노형진이 밥을 사 주자 두 아이는 정신없이 그걸 먹기 시작했다. 딱 봐도 상당히 오래 굶은 듯했다.

"일단…… 내가 변호사인 건 알겠고. 너 솔직히 말해. 열여덟 살 아니지?"

노형진은 가장 언니인 아이에게 물었다.

열여덟 살이라고 했다. 확실히 그렇게 보일 만큼 성숙해 보이는 모습이었지만 얼핏 보이는 모습에서는 아직 성인으로서의 뭔가가 부족해 보였다.

"……."

"도와주려고 하는 거다. 몇 살이야?"

"열일곱 살……."

"끄응…… 근데 왜 열여덟 살이라고 속인 거야?"

"그래야…… 아저씨들이 눈치를 안 보니까요."

결과적으로 미성년자라고 꺼리는 일부 사람들을 피하기 위해서 성인인 척했다는 소리다.

'미치겠구만.'

노형진은 한숨이 나왔다.

미성년자는 이런 경우 대부분 간단히 조사한 뒤 부모를 불러서 돌려보내는 것이 일반화되어 있다. 현행법으로도 그렇고 말이다. 그런데 자해까지 하려고 하면서까지 가려고 하지 않는다니.

"그렇게 가기 싫어?"

"네."

진정된 듯한 아이는 고개를 끄덕거렸다. 목에 남아 있는

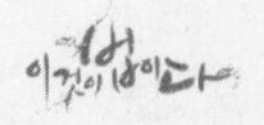

미세한 칼자국은 그만큼 그 아이가 절박했다는 걸 뜻했다.

"도대체 왜? 길바닥에서 이렇게 자는 것보다는 나은 편이잖아?"

"최소한 여기는 안 맞잖아요. 집이 다 편한 곳일 거라는 생각은 하지 마요."

그 아이는 독하게 말을 꺼냈다.

"그래…… 대충은 이해한다."

사람들은 집이 편하고 좋은 휴식처라고 생각한다. 하지만 누군가에게는 집은 악몽 그 자체의 공간이다. 폭력적인 부모와 그걸 방관하는 다른 가족들. 벗어날 수 없는 늪 같은곳.

"그래도 성인이 될 때까지는 있는 게 좋지 않아?"

그 아이의 얼굴에 비웃음이 떠올랐다.

"아저씨."

"응?"

"내 첫 남자가 누군지 알아요?"

"그걸 내가 어떻게 알아?"

"그럼 내 첫 경험은 몇 살 때인지 알아요?"

"그걸 나한테 물어보는……. 끄응…… 미안하다."

말하지 않았지만 저런 이야기가 나왔다는 것은 너무나 뻔한 일이었다.

'아직까지 문제가 해결된 게 아니군……. 하긴 어른이라는 사람들은 생각하는 게 비슷하니까.'

사람들은 가출 청소년이라 하면 무조건 나쁜 아이들로 생각한다. 그냥 이유도 없이 반항하고 저항하고 기존 질서에서 이탈하는 나쁜 아이들.

'핑계 없는 무덤은 없는 법이지.'

하지만 그 실상을 보면 처음부터 나쁜 아이들은 얼마 되지 않는다. 대부분은 집안이 비정상적이기 때문에 가출이라는 도주로를 찾았다가 그곳에서 나쁜 아이들과 어울리면서 점점 나락으로 떨어지는 것이다.

"최소한 여기는 밥이라도 먹여 주니까."

"그래서 이 애들을 데리고 온 거냐?"

"이 나이에 이 세상에서 밥이라도 먹고살려면 방법 있어요?"

누구도 열네 살, 열다섯 살짜리 애들을 먹여 주고 재워 줄 사람은 없다. 있다고 하더라도 음흉한 목적을 가진 사람들이 대부분이다.

'그런 녀석들이 좋은 녀석들일 수는 없으니까.'

"후우, 너 가출은 언제 한 건데?"

"2년 전요."

"그 후에 돌아간 적은 없고?"

"몇 번 잡혀갔죠."

하지만 그때마다 도망쳐 나왔단다. 매일같이 벌어지는 지옥 같은 일상을 사느니 차라리 최소한 맞지는 않는 길바닥이 속이 편했다.

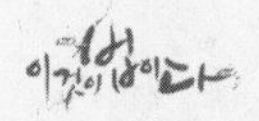

문제는 이제 다가오는 겨울이었다.

여름에는 바깥에서 자도 죽지는 않지만 겨울에는 죽을 수도 있으니까.

결국 아이들이 선택할 수 있는 것은 별로 없었다. 그리고 가출한 질 나쁜 녀석들은 그런 아이들을 이용해서 착취하고 말이다.

'완전 무한 루프구만.'

노형진은 고개를 절레절레 흔들었다.

"그래서 돌아갈 생각은 없겠고."

"안 가요. 차라리 죽을래요."

"청소년 쉼터는 안 가 봤어?"

"흥, 가 봤죠."

청소년 쉼터는 기본적으로 가출 청소년들을 보호하는 곳이다. 하지만 청소년 쉼터는 가출한 청소년이 찾아오면 보호자에게 알리도록 되어 있는 데다가 현행법상 청소년 쉼터는 부모가 찾아와서 내놓으라고 하면 아이를 보내지 않을 방법이 없다. 그렇다 보니 말이 청소년 쉼터지, 사실상 안으로 들어가면 부모에게 다시 끌려가기 때문에 진짜 도망치는 아이들은 그곳에 들어가려고 하지 않았다.

"가 봐야 도움도 안 돼요."

"하긴…… 그렇지."

전국에 있는 쉼터의 수는 기껏해야 백 개 정도.

그나마도 대부분 하루 정도 쉬는 단기지, 저들에게 필요한 장기 쉼터는 없다. 게다가 총인원은 고작 천 명 정도다.

"그래서 넌 어쩔 건데?"

"아저씨 변호사면 돈 많겠네."

노형진은 그 아이가 뭘 생각하는지 알고는 씁쓸하게 웃었다.

"네가 생각하는 그런 일은 있을 수도 없고, 있어서도 안 된다."

"다른 사람들은 이런 기회를 노리는데요?"

"그런 녀석들을 보통 범죄자라고 하거든?"

"칫."

"일단 밥이나 먹어라."

벌써 달그락거리면서 빈 밥그릇을 긁는 다른 두 아이를 보고 노형진은 열일곱 살짜리 여자애한테 밥을 내밀었다.

"난 나가서 잠깐 생각하고 오마."

"설마 튀는 건 아니죠?"

"변호사가 되어서 설마 튀겠냐?"

하긴 그 아이의 입장에서는 그것마저도 걱정일 것이다. 노형진이 도망가면 이 밥값을 낼 수가 없는 것이다.

"후우."

노형진이 나와서 한숨을 쉬자 정우찬이 다가와서 담배를 내밀었다.

"피우시겠습니까?"

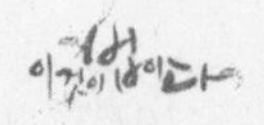

"아니요. 안 피웁니다."

"알겠습니다."

"정우찬 팀장님의 생각은 어떠신지요?"

"제 알 바 아닙니다."

노형진은 질문 대상을 잘못 정했다고 생각했다.

정우찬은 소시오패스다, 그것도 아주 중증.

그런 그가 남에게 불쌍하다는 감정을 느껴서 돕고 싶다는 그런 생각을 할 리 없다. 저 아이들이 몸을 팔든 얼어 죽든 그건 정우찬에게는 아무런 관련이 없는 일일 뿐이다.

"그런가요?"

"돕고 싶으신 건가요?"

"좀 곤란하지 싶네요."

몰랐으면 모르나, 만나서 상황을 알게 된 처지에 무조건 나는 모른다고 가 버리기는 뭐했다. 그나마 자신이 할 수 있는 것은 어디 근처 쉼터에 데려다주는 것뿐이다 그나마도 그렇게 하는 순간 저들의 집으로 연락이 갈 테니 그것도 문제지만.

"이런 건 차라리 제가 아닌 손예은 변호사에게 물어보는 게 어떠신지요?"

"손예은 변호사 말입니까?"

"네."

그러고 보니 손예은 변호사는 차갑게 행동하기는 하지만

이런 일에 은근 관심이 많아 보이기는 했다. 성격을 드러내지 않는 것뿐이지, 내면이 차가운 것은 아니라는 뜻이다.

"글쎄요. 그녀라면 뭐, 방법이 있을지도 모르겠네요."

노형진은 그녀를 생각하고는 고개를 끄덕거렸다.

⚖

"방법 없지요."

손예은은 노형진의 말을 듣고는 단호하게 말을 꺼냈다.

"없다고?"

"네, 현행법상 가출한 청소년들은 방법이 없어요. 무조건 정부에서는 가정에 돌려보내려고 하죠."

"집안 문제가 개판인데?"

"그건 정부에서 일일이 알 수 있는 게 아니니까요. 정부의 입장에서는 그냥 돌려보내는 게 일하기 편하니까요."

"그런가?"

"네, 한 해에 가출 청소년만 신고된 것만 매년 2만 건이에요. 하지만 아예 가출 신고도 안 하는 것까지 합하면 3만 건이 넘는다는 말도 있죠. 가출의 기본적인 이유가 부모와 자식 간의 갈등이니까."

갈등이 심해져서 아이가 나가면 부모는 그 애들을 완전히 포기하고 방치하는 경우도 많다. 결국 신고하지 않아 아이는 아이대로 전국을 떠도는 것이다.

"하지만 우리나라 정부의 정책은 간단하죠. 가출하면 돌려보낸다. 기본적으로는 맞는 방법이지만 딱 거기까지죠."

그 가출이 아동 학대 때문일 수도 있고 가족 간의 심리적 충돌이나 경제적 문제 때문일 수도 있다. 그러니 원인을 해결하지 못한 채로 돌려보내 봐야 결국 아이가 다시 가출하는 악순환만 반복될 뿐이다. 돌아간다고 나아지는 게 아니니까.

하물며 스스로 돌아간 것도 아니고 강제로 돌아간 것이라면 더더욱 감정의 골만 깊어질 것이다.

"그 아이들은 지금 어디 있죠?"

"일단은 근처 모텔을 일주일 정도 잡아서 그곳에 있으라고 했습니다."

"어디 안 가고요?"

"뭐, 춥고 배고프니까 어디로 갈 생각이 없는 것 같더군요."

사실 가장 큰 언니인 민지도 이제 막 가출한 두 아이를 성매매로까지 몰고 싶은 생각은 없었다. 하지만 방법은 없고, 소위 말하는 팸을 구성하는 남자들의 요구는 끝도 없다.

게다가 그들이 없으면 먹고 마실 수 있는 공간조차 구하지 못하는 것이 현실이다. 그들은 성인이기 때문에 방을 빌릴 수 있지만 자신들은 그게 불가능하니까.

"다행이네요. 하지만 그곳에 계속 있을 수는 없으니까요."

"음……."

"보통 그런 청소년에게 필요한 건 자유롭게 자립할 수 있는 시간 그리고 공간입니다. 그런 청소년은 대부분 비정상적인 가정에서 자라납니다. 당연히 자유라는 것이나 자기 스스로 일어나기 위한 경험이 절대적으로 부족하지요. 그들이 세상을 배우는 건 가출 상태에서입니다. 우리나라는 가출 청소년에게 가혹합니다. 당연히 범죄의 유혹에 빠집니다. 그리고 지속적으로 범죄의 길로 들어가게 되지요."

손예은 변호사는 차분히 상황을 설명했다.

"한 해 가출 예상 인원은 3만 명. 그들을 제대로 도울 수만 있다면 충분히 범죄를 줄일 수 있습니다. 특히 그들은 대부분 생계를 위해서 범죄를 저지르기 때문에 국민들에게 궁극적으로 피해가 가는 범죄를 저지릅니다. 빈집털이나 차량 털이, 퍽치기 같은 거죠."

화이트칼라 범죄라고 하는 비리 같은 것들은 가진 사람이 하는 범죄다. 그에 비해 이런 범죄는 가지지 못한 사람들이 가지기 위해 하는 범죄다. 당연히 전자가 더 강하게 처벌해야 하지만 우리나라는 후자를 더 강하게 처벌한다.

"잘 아시네요?"

"전부터 이런 쪽으로 관심이 있었으니까요."

"하긴."

손예은은 말은 차갑게 하고 기계적인 표정을 지을지는 모르지만 그 내면은 따뜻한 타입이었다. 드러내지는 않지만 힘

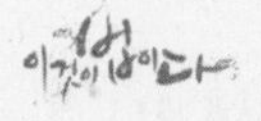

든 사람을 도와준 변론을 나서서 하는 것을 보면 그녀는 이런 것에 관심이 많다는 것은 전부터 잘 알고 있었다.

"하지만 우리가 그들을 다 구할 수는 없지요."

"어째서요?"

"우리는 변호사입니다. 그들을 다 구하는 데에는 한계가 있지요."

노형진은 피식 웃었다.

"뭐, 도우려면 못 도울 건 없지요. 마음이 문제지."

"마음요?"

"네."

"하지만 무슨 수로 말입니까? 선량한 아이들만 한다고 해도 못해도 1만은 넘는 숫자입니다. 그들을 모두 도와준다는 건 국가도 못하는 일입니다."

"국가는 못하는 게 아니라 안 하는 겁니다."

"네?"

노형진의 말에 손예은은 깜짝 놀랐다.

노형진이 전부터 국가, 아니 정부라는 조직에 부정적인 것을 알고는 있었다. 그런데 이런 말도 안 되는 규모의 행동을 국가가 하지 않는다는 건 이해할 수가 없었다.

"당장 우리도 조금의 자본금만 있으면 충분히 시작할 수 있습니다. 정부도 마찬가지고요. 다만 귀찮을 뿐이죠. 그리고 그건 돈이 안 되니까."

"돈이 안 된다고요?"

"네, 정부도 아시죠? 정부는 기본적으로 근시안적입니다."

"……."

그건 민주주의의 태생적 한계일 수밖에 없다.

민주주의는 일정한 기간이 지나면 선거를 통해서 새로이 선출된다. 문제는 그러기 위해선 국민들 그리고 유권자들에게 눈에 보이는 뭔가를 해 줘야 한다는 것이다.

범죄자가 될 가능성이 있어 보이는 사람들을 보듬어서 정상적인 사회인으로 만드는 데 필요한 시간은 못해도 10년.

그에 비해 그들을 준범죄자로 낙인찍고 처벌하고 욕해서 국민들의 감정을 자극하는 것은 순간이다.

"그래서 국가란 조직이 장기적 투자 사업에 힘을 못 쓰는 겁니다."

그나마 좀 현명한 국가의 사람들은 전임 대통령이나 정권이 만든 것이라고 할지라도 국가에 도움이 된다고 하면 장기적으로 지원해 준다. 하지만 대한민국은 극단적일 정도로 보수와 진보의 대립이 심하다. 그 때문에 정권이 바뀐 후에 잘되었다고 판단되는 정책에 대해서도 부정하고 욕하며 폐기처리해 버린다.

그게 국가의 100년을 책임질 일이라고 해도 상관없다. 그냥 없애 버린다. 만일 없애기 곤란하다면 기존에 있던 책임자들을 모조리 잘라 버리고 그 자리에 자기 사람들을 낙하산으로 보내 버린다. 그리고 자기 정권의 입맛에 맞게 다시 시작한다.

"그래서 민주주의국가는 장기적인 플랜을 볼 수 없습니다. 하지만 우리는 아니죠. 우리는 장기 플랜이 제법 많잖아요?"

"그게 무슨 관계가 있다는 겁니까? 이건 법률 문제도 아닌데요?"

"법률 문제가 아니긴요. 후후후."

노형진은 미소를 지었다.

"미국의 담배 회사와 총기 회사들이 어디에 투자하는지 아십니까?"

"그거야 홍보 아닌가요?"

"홍보는 맞습니다. 하지만 그 대상이 문제죠. 그들은 미래의 고객에게 투자합니다."

"미래의 고객?"

"네, 우리도 그렇지 말라는 법은 없지요. 후후후."

노형진의 얼굴에는 자신만만한 미소가 어리기 시작했다.

"고아원을 만들겠다는 뜻인가?"

송정한은 노형진의 말에 고개를 갸웃했다.

"아니요. 고아원은 아닙니다. 뭐, 공동생활이라는 점에 대해서는 기본적으로 같습니다만 고아원은 부모가 없거나 부모 모두 양육할 수 없는 상황에서 오는 곳입니다. 그에 반해서 이곳은 부모가 있지만 그 양육 자격이 없는 상황에서 오는 일종의 대피처죠."

노형진은 스스로 사업을 하겠다는 소리를 하는 경우가 없었다. 심지어 대룡에서 한자리 줄 테니 와 달라고 할 때도 그는 가지 않았다. 그러니 그런 그가 스스로 뭔가를 운영하겠다고 하는 것은 의외였다.

"그게 금전적으로 가능할 리가…… 있군……. 하지만 그래도 운영비는 계속 나갈 텐데?"

노형진의 재산을 생각하면 그런 걸 만드는 것은 어려운 일이 아니다. 하지만 문제는 그 이후다. 그 후에 운영비가 들어가는 것은 노형진도 어쩔 수 없는 부분.

"확실히 자네 정도의 돈이 있으면 어차피 자선사업을 할 수밖에 없게 되기는 하지. 하지만 말이야, 자선사업이라는 것도 결국은 지속적으로 돈이 들어와야 한다는 걸 생각해야 한다네. 이건 밑 빠진 독에 물 붓기 수준이 아닌가?"

일단 들어온 아이가 당장 나갈까?

나갈 수가 없다. 진짜로 제대로 된 시설의 경우 아이들이 나가려고 하지 않을 것이다. 그렇다면 수년간 아이들은 정체될 테고 결국 시설은 꽉 차게 된다.

더군다나 그 아이들을 먹이고 입히는 돈은 적은 것이 아니다.

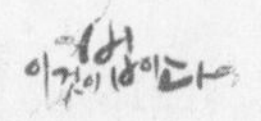

"자선사업요?"

노형진은 씩 웃었다.

"전 자선사업을 할 생각이 없습니다만?"

"뭐라고? 그게 무슨 소리인가? 자선사업을 할 생각이 없다니?"

송정한은 고개를 갸웃했다.

현재 법률상 가출한 아이들을 돌보는 것은 자선사업으로 들어간다. 그마저도 여러 가지 이유로 제대로 운영되지 않는 것이 현실이다.

"자선사업이란 기본적으로 제 돈을 들여서 남을 먹여 살리는 거죠."

"그렇지."

"물론 저도 초기 시설을 만들 때는 제 돈을 들여서 만들어야 합니다. 하지만 기본적으로 이건 수익 사업이죠."

"수익 사업?"

"네."

"아니, 왜 그게 수익 사업이 되나?"

"그거야 제가 대상으로 하는 것은 고아가 아니니까요. 당연히 돈을 받을 겁니다."

"그 부분은 이해가 안 가는군요. 가출한 청소년들은 돈이 없습니다. 그래서 범죄에 유혹에 빠지는 거구요. 그런데 그런 아이들에게서 돈을 받겠다는 것은 결과적으로 그 아이들을 범죄에 동원하겠다는 꼴밖에 안 됩니다."

"아니죠. 범죄에 동원할 생각은 없습니다. 말 그대로 우리는 변호사잖습니까?"

"당연히 우리가 변호사지. 그런데 그게 무슨 말인가?"

그러자 노형진은 그에 대해 설명하기 시작했다.

이야기를 다 들은 송정한과 손예은의 표정은 묘해졌다. 생각도 하지 못한 묘수였기 때문이다.

"확실히 그런 방법이 있기는 하군."

"그렇지요?"

"음……."

송정한은 노형진이 한 방법을 듣고는 고개를 절레절레 흔들었다.

그 방법을 쓰면 초기 비용만 해결한다면 그 후에 들어가는 비용은 얼마든지 충당할 수 있다. 집단 숙식으로 어느 정도 돈을 아낄 수 있다면 도리어 거기서 수익을 낼 수도 있다.

"정부에서는 왜 이런 걸 안 하는 거지?"

"표가 떨어질 테니까요."

"표가……. 끙…… 그렇군."

노형진이 설명한 방법은 간단했다.

일단 아이들을 받아들인 뒤 그 아이들에게 소송 위임을 받아서 양육비를 부모로부터 받아 내는 것.

변호사는 현행법상 소송을 대리할 수 있을 뿐만 아니라 정당한 절차를 걸쳐서 채권의 회수, 즉 돈을 받아 내는 사업도 함께할 수가 있다.

"우리가 채권 회수 팀을 만들어서 그들로부터 강제로 양육비를 뽑아내는 거죠."

"그렇겠지."

집단 시설을 만들면 아무래도 먹고 마시는 비용이 줄어든다. 그렇다면 그들과 정당한 계약만 맺는다면 그 회수된 비용 중 30% 정도는 새론과 노형진의 새로운 수익 모델이 될 것이다.

하지만 정부는 이 방법을 쓸 수가 없다. 아이는 미성년자라 투표권이 없는 데에 비해 부모는 성인이라 투표권을 가지고 있으니 당연히 표가 떨어질 것이다. 그런데 한 해에 3만 명이 가출하는 현실을 생각하면 못해도 양측 부모 6만 명의 표가 떨어진다는 뜻이기 때문이다.

"결국 정부를 대신해서 우리가 구상권 같은 걸 청구하는 개념이란 말이지."

"그렇습니다."

이는 현재 일부 선진국에서 운영하는 개념으로 이를 응용하여 범죄 피해자에 대한 손해배상을 일단 국가가 해 준 뒤 그 구상권을 행사하여 돈을 받아 내는 정책이 있다. 노형진은 그걸 일부 차용한 것이다.

"하지만 그런 아이들이 살 수 있는 곳을 만드는 것은 쉬운 일이 아닐 텐데? 그것도 도심지에 그런 공간을 확보하는 게 쉬운 건 아닐 걸세."

"꼭 도심일 필요는 없지요. 그 아이들의 가장 큰 꿈은 비정상적인 가정에서 벗어나는 겁니다. 부모들이 도심을 선호하는 것은 학교 문제와 자신들의 직장 문제 때문입니다. 하지만 그 아이들의 경우는 부모의 직장 문제를 걱정하지 않아도 됩니다."

"그건 그런데……."

"그러면 도시 외곽으로 시선을 돌리면 됩니다. 한번 해 보셨잖습니까?"

"해 보다니? 뭘 해 보…… 아! 폐교!"

폐교라는 말에 고개를 갸웃하는 손예은 변호사. 그녀는 그때 없었으니까.

"도시 내부에 있는 폐교를 개조해서 대단위 사무실 겸 연습실로 사용하고 있다네."

"네, 그 후에 대룡에서는 도시 내부에 있는 학교들을 그렇게 많이 사용하고 있지요."

대룡에서는 노형진과 함께 엔터테인먼트조합을 만들었다. 그러고는 그렇게 도시 내부에 있는 폐교들을 개조해서 연습실과 숙소 사무실로 만들어 공급했다. 그 덕분에 현재 대한민국 엔터테인먼트 쪽은 대룡이 꽉 쥐고 있다고 해도 과언이 아니었다.

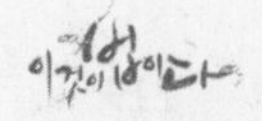

"그러고 보니 이번에 성화가 엔터테인먼트 부문에서 철수하는 것을 심각하게 고민하는 중이라고 하더군."

"그런가요?"

"그래, 제일 중요한 것을 빼앗겼으니 말이야. 제대로 운영되지 않는 모양이야."

"하긴 그렇겠네요."

성화는 엔터테인먼트 쪽을 집어삼키기 위해서 영화관과 영화 및 콘텐츠 제작에 뛰어들었지만 대룡이 먼저 배우 공급 라인을 차단시켜 버리자 뛰어난 배우를 구할 수가 없었고, 만든 영화들은 그 수준이 조악할 정도였다. 주연급이야 대룡과 관련이 없다고 하지만 영화는 주연 혼자서 만드는 게 아니기 때문이다.

더군다나 조악한 영화로 수익을 내기 위해서 자신들의 영화관 체인에 집중적으로 영화를 틀자 대룡의 영화 체인으로 사람들이 몰리면서 영화 체인점까지 적자를 면치 못했다.

"벌써 수백억은 손해 봤을걸?"

"그렇겠지요. 영화라는 시장은 워낙 돈이 많이 들어가니까요."

영화 하나 만드는 데에 들어가는 돈도 적지 않지만 영화관을 유지하는 데 들어가는 돈도 적지 않다. 그런데 그 둘 다에서 손해를 보는 성화는 알게 모르게 타격을 계속 입고 있었다.

"그쪽에서 물러나지 않는 건 아마 자신들이 나가면 그걸 대룡에서 집어삼킬 게 뻔하니까 그럴 거야."

"후후후."

그런 쪽에 관심을 가지고 참여한 곳은 많지 않다. 그중에서 자금력을 가진 곳은 대룡뿐이다. 결과적으로 철수를 결정하면 그 모든 걸 통째로 대룡에서 바치는 결과가 되기 때문에 적자를 보면서도 울며 겨자 먹기로 버티는 상황인 것이다.

"압니다. 어찌 되었건 대룡도 쓰는 것은 시내에 있는 몇 개뿐입니다. 솔직히 시외에서도 너무 먼 곳, 시골에 있는 학교들 같은 건 쓸 수가 없죠."

"그렇지. 도시에서 너무 머니까."

너무 멀어서 연예인들이 방송 출연이나 행사를 뛰러 다닐 수가 없다. 당연히 그런 곳은 버려진다.

"하지만 이 아이들은 위치가 중요한 게 아닙니다. 일단은 안정된 숙소가 중요하지요. 그리고 어차피 이 아이들도 학교는 다녀야 합니다."

"기숙사형 학교라는 거군."

"네."

기숙사형 학교란 말 그대로 학교 내부에서 숙식을 해결하면서 공부하는 것을 말한다. 스파르타식이라고도 이야기하지만 그건 분위기가 억압적이어서 그런 거지, 기숙사 학교가 다 억압적인 것은 아니다.

"하지만 돈이 많이 들 텐데? 자네 혼자서 하기에는 부담스

러울 거야. 자네도 알다시피 3만 명일세."

물론 중복자도 있을 테고 진짜로 나쁜 놈이라 구제할 가치가 없는 녀석도 있을 것이다. 아니면 단순 호기심으로 나오거나 순간적인 방황인 녀석도 있을 것이다. 하지만 그렇다고 해도 그 숫자가 적은 것은 아니다.

"압니다. 하지만 이런 일을 아주 적극적으로 도와줄 호구가 우리에게는 한 명 있지요."

"호구?"

"네."

"아니, 이 정도를 도와주려면 엄청난 돈이 있을 텐데 그런 사람이 호구일 리 없지 않은가?"

"결국은 저한테 낚이면 호구인 겁니다."

"거참……."

노형진의 말에 송정한은 피식 웃고 말았다.

"그 호구는 자기가 호구인 걸 아나?"

"모를걸요? 하하하. 자, 그럼 전 바로 호구 만나러 갑니다. 약속 잡아 놨거든요. 손예은 변호사도 같이 가시죠. 어차피 이 일은 손 변호사가 하고 싶어 하실 것 같은데요."

복지 쪽에 관심이 많은 그녀인 걸 알기에 노형진은 그녀에게 손을 내밀었다.

하지만 손예은은 그 손을 잡고 일어나지는 않았다.

그저 '그 호구가 궁금해서 갑니다.'라고 말하면 슬쩍 웃을 챙길 뿐이었다.

“저 사람이 호구라고요?”

“네.”

“잘못 아신 것 같은데요?”

손예은은 그 호구, 즉 대룡의 회장인 유민택을 보면서 기가 막혔다. 대룡의 회장을 호구라고 하는 사람이 세상 어디에 있단 말인가?

“무슨 말인가?”

“아닙니다. 호랑이 아가리에 들어가는 이야기를 하고 있었습니다.”

“호랑이 아가리?”

“네, 하하하.”

말 그대로 호구, ‘호랑이의 입’이다.

“그래, 자네가 이번에 돈 될 만한 거리를 가지고 왔다면서?”

“그렇지요.”

“한번 들어나 보도록 하지.”

“방법은 간단합니다.”

노형진은 구상한 것을 차근차근 설명하기 시작했다.

물론 노형진이 그 사업을 혼자서 못할 것은 아니다.

하지만 그는 변호사이기 때문에 그 일에 매달릴 수가 없다. 그리고 그러고 싶지도 않다. 그렇다고 아무한테나 그런 것을 맡길 수도 없다.

그래서 생각한 것이 바로 대룡이다. 그들은 이미 인력 시스템이 풀로 만들어져 있다.

"그게 우리에게 무슨 도움이 된다는 거지?"

시큰둥하게 말하는 유민택이었다. 회사의 자산을 들여서 그런 걸 만들어 봤자 그들에게 도움이 될 것이 하나도 없다.

"첫째, 세금을 깎을 수가 있죠."

"세금?"

"네, 아실 텐데요? 기업 차원에서 이런 데에 들이는 돈은 세금 공제가 됩니다. 즉, 그만큼 돈을 안 내도 된다는 뜻이죠."

"그거야 그렇지. 하지만 그것 말고도 남을 도울 곳은 많네."

노형진은 피식 웃었다. 그 정도 예상 못 할 유민택이 아니라는 것쯤은 알고 있었다.

"압니다. 하지만 이건 한번 투자하고 나면 돈이 안 들죠."

"그거랑 무슨 관계가 있다는 건가? 우리와는 상관없는데. 자네 말은 알겠네. 우리가 투자해서 그런 곳을 만들고 그곳에 들어가는 돈은 우리가 세금 처리를 할 수 있지. 하지만 결국은 운영은 그들, 아니 그 부모들로부터 돈을 받아서 하는 거 아닌가?"

"돈을 받아서 운영하는 건 우리죠, 대룡이 아니라. 공식적으로는요."

"뭐?"

"전혀 다른 기업입니다."

"그게 무슨 소리야?"

"돈을 받아서 운영하는 건 우리지만 대룡은 투자, 아니 지원을 합니다. 그리고 그렇게 받은 돈 중 일부를 우리는 받아서 그 돈으로 시설을 운영합니다. 쉽게 말해서 집단생활의 생활비라는 거죠. 그중 일부는 대룡이 내주고요."

"그러니까 우리와 관련이 없다는 뜻일세."

"아실 겁니다, 그런 곳에 들어가는 식비 같은 것이 집단적으로 하게 되면 그다지 많이 들어가지 않는다는 것은."

"알지."

규모의 경제라고 했다. 한 사람이 5천 원으로 밥을 해 먹으려고 하면 잘해 봐야 라면에 햇반 정도다. 하지만 규모가 커지면 단가는 낮아져서 1인당 5천 원이면 고기를 먹을 수 있다.

"그겁니다. 공식적으로는 대룡은 가출 청소년들을 위한 사회 시설을 운영하는 겁니다."

"그게 우리와 관련이 없다는 말일세."

"과연 그럴까요? 단순히 세금 문제만 제가 말씀드린 것뿐입니다."

"무슨 소리인가?"

"그들은 성인이 되면 나가야 합니다. 그럼 그들은 물건을 사야지요."

"그렇지. 물건을 사야지. 그거야……."

말을 하던 유민택은 노형진이 말하고 싶은 게 뭔지 알 수 있었다. 과연 대룡에서 자신들을 먹여 주고 재워 주고 공부시켜 줬는데 그들이 성화나 다른 기업의 물건을 살까?

"매년 3만 명입니다."

"3만……."

3만 명의 충성 고객층을 만들기 위해서 들어가는 돈을 얼마나 될까? 아마도 수백억이 넘는 광고비가 들어갈 것이다.

하지만 이 방법대로라면 건물을 살 때나 큰돈이 들어갈 뿐, 그 외에는 매년 훨씬 적은 금액의 관리비만이 들어간다.

"하지만 그 녀석들이 그런 걸 살 돈이 있을까?"

"그러니까 제가 집단 체제를 만들려고 하는 겁니다."

"집단 체제?"

"네, 양육비를 받아서 남는 돈은 그들의 이름으로 모으게 될 테니까요."

"양육비를 받아서? 아!"

당장 양육비를 70만 원씩 받고 그중 30만 원만 저금한다고 해도 1년이면 360만 원이다. 그리고 보통 중학교 전후에 가출하므로 그들이 돈을 다 모으면 나갈 때쯤이면 1천만 원은 훌쩍 넘는 돈을 모으게 되는 것이다.

"물론 정가를 받지는 못할 겁니다. 하지만 매년 3만 명의 고정된 거래처가 생기는 거죠."

충성 고객. 그건 기업의 입장에서 가장 중요한 요소 중 하나다. 그들에 대해서는 따로 돈을 들이지 않아도 물건을 사주기 때문에 장기적으로 수백억의 광고비를 아낄 수 있기 때문이다.

"하지만 그렇다고 해도 말이야…… 그들이 나가서 정착하는 걸 생각하면 그렇게 충분한 돈은 아닌데?"

일단 고아가 되면 정부에서 어느 정도의 자금은 준다. 그거와 합쳐 봐야 대략 2천만 원 선. 요즘 같은 시대에는 어디서 월세 보증금도 안 되는 돈인 것이다.

"물론 우리의 충성 고객이 될 걸세. 장기적으로 보면 말이지. 그렇지만, 우리가 아무리 미래를 보고 투자한다곤 해도 당장 눈앞의 손해를 무시할 수는 없네."

대룡은 주식회사다. 최대 주주가 유민택이라고 하지만 다른 주주들의 말을 무시할 수는 없다. 당연히 유민택의 입장에 당장 돈이 안 되는 것을 섣불리 시작할 수는 없다.

"충성 고객도 중요하지만 단기적으로 주주들에게 돈을 줘야 하니까 수익도 중요하네. '10년 후에 수익을 나누겠습니다.'라는 소리는 지금은 안 먹혀."

"당장의 수익을 포기하면서 하라는 게 아닙니다. 당장의 수익을 내면서도 충분히 도울 수 있습니다."

"충분히 도울 수 있다?"

"네. 착한 신발이라고 아십니까?"

"착한 신발?"

"탑스 슈즈라고 하죠."

"탑스?"

"한국은 아직 유명하지 않습니다만 미국을 비롯한 다른 나라에서는 제법 유명하죠."

탑스 슈즈는 다른 신발 메이커와는 다르다. 다른 곳은 홍보에 열을 올리는 반면 이쪽은 홍보 자체를 안 한다. 그럼에도 상당한 메이커로 인정받는 것은 그들이 신발 하나를 팔면 한 켤레를 아프리카에 기부하는 것을 모토로 삼고 있기 때문이다.

"인간은 마음 한편으로는 남을 돕고 싶어 합니다. 여러 가지 이유로 그게 불가능할 뿐이지요. 그리고 탑스는 그런 그들의 마음을 자극합니다."

"선의 말인가?"

"네."

한국에 탑스가 들어왔을 때 국민 신발이라 불릴 정도로 엄청난 판매량을 자랑했다. 남을 돕고자 하는 그런 마음에서 사람들은 그저 그런 신발을 기꺼이 산 것이다. 사실 탑스는 다른 메이커에 비해 아주 품질이 좋은 것은 아니다.

"무슨 뜻인지 알겠군."

대룡은 상생을 모토로 기업을 운영하고 있다. 노형진의 조언으로부터 시작된 것이지만 기존에 대기업들의 갑질에 길들어져 있던 사람들에게 그건 상당한 호감을 주어 이미지가 좋아지면서 상당한 양의 판매를 할 수가 있었다.

"그러니까 이걸 적극적으로 홍보에 사용하는 겁니다. 사람들에게 도울 기회가 있다고 적극적으로 알리는 거죠."

물론 어쭙잖게 돕는 곳은 많다. 하지만 그 가치가 터무니없이 낮다. 가령 3천 원짜리 물건을 팔면 돕는 데 나가는 돈은 대략 3원 정도? 그래 놓고는 자신들은 불우 이웃을 돕는다고 홍보한다.

"하지만 이건 그렇게 하는 게 아니라 탑스의 방식을 따르는 겁니다."

"1+1 말인가? 그렇기에는 가전제품은 너무 비싼데?"

"그런 시설에서 쓰는 건 가전제품만 있는 게 아닙니다."

"그렇군."

"그리고 제대로 홍보하는 김에 학자금 지원도 추진하는 거죠."

"학자금?"

"네."

그런 곳에서 사는 아이들이라고 해서 무조건 멍청하진 않다. 도리어 머리가 좋은데 가정환경 때문에 공부를 못하는 아이들이 많다. 가끔은 반대로 그 좋은 머리 때문에 부모가 집착해서 가출하는 아이들도 있고.

“그 아이들에게 조건을 달아서 학자금을 지원해 주는 겁니다. 의사나 전문직이 되는 경우, 일정 부분은 무조건 불우 이웃을 돕는 것으로 말입니다.”

“할까?”

“안 할 이유가 없죠.”

학생들도 지금 공부하지 않으면 미래가 막막하다는 걸 안다. 그렇다고 공부에 들어가는 모든 비용에 대해서 양육비 청구를 할 수는 없다.

“당장 의사가 된다고 하면 병원 환자의 10%는 무상 진료하겠다고 한다면 국민들은 어떻게 생각할까요?”

“나쁘게 생각하지는 않겠군.”

소위 말하는 상위 직군을 가진 사람들. 그들의 갑질에 국민들은 많이 지친 상태였다. 그런 만큼 그런 상위 직군을 대체할 다른 사람들을 대룡에서 키운다면 사람들의 환영을 받을 수밖에 없다.

“그리고 대룡에서 지방과 함께 결연할 수도 있죠. 정확하게는 지방의 상권을 집어삼킬 수도 있죠.”

“지방이라니?”

“그 아이들은 언젠가는 나가야 하지 않습니까?”

“그거야 그렇지.”

“그럼 그 아이들이 바깥에 나왔을 때 과연 어디로 갈까요?”

“응?”

그러고 보니 그렇다. 그들이 가진 돈으로 수도권에 자리를 잡는다는 것은 불가능에 가깝다. 당장 수도권은 월세 보증금만 3천만 원이 넘어간다.

"결국 그 아이들은 지방으로 가야 합니다."

"그래서?"

"그러면 대룡에서 그걸 지원해 주는 거죠."

"돈을 주라는 말인가? 우리는 자선단체가 아닐세."

더군다나 한 해에 못해도 1만 명이 나갈 텐데 그들에게 다 돈을 줄 수는 없는 노릇이다.

"그게 아닙니다. 계열사나 협력사의 도움을 좀 받는 거죠."

"도대체 무슨…… 아!"

현재 대부분의 계열사나 협력사는 경기도권에 있다. 대기업과 거래하려면 그게 편하기 때문이다. 하지만 생각해 보면 몇몇 업종을 제외하고는 굳이 경기도권에 자리를 잡을 이유가 없다. 한국은 다른 나라에 비해 물류가 잘되어 있는 편이기 때문이다.

"물론 물류 비용의 약간의 상승은 있을 겁니다."

"하지만 인건비와 토지 비용이 줄어들겠군."

그런 아이들을 근무시키면 다른 사람들보다 좀 낮은 임금을 줘도 된다. 시골이기 때문에 비슷한 수준의 삶을 유지하는 데 들어가는 돈이 적을 테니까.

"더군다나 수많은 시골들이 젊은 사람들이 없어서 죽어 가

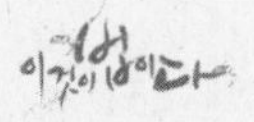

고 있지요."

기업들이 생산비에서 가장 많이 들어가는 부분은 다름 아닌 인건비.

"그렇게 되면 한 지역을 집어삼키게 되겠군."

"네."

거대 기업들은 주로 한 지역에 터를 잡고 그곳에서 활동하는 경우가 많다. 그래야 그 지역에서 자신들의 입김이 강해지기도 하고, 그 외에도 여러 가지 이점이 있기 때문이다.

중복과 다른 길을 찾는다고 해도 매년 5천 명 이상의 청년을 일정 지역에 정착시킬 수 있다면 지방자치단체가 절대로 무시할 수가 없다.

특히나 젊은 사람이 부족한 지역은 사실상 절대적으로 대룡에 기대게 될 테니 해당 지역에서의 대룡의 판매량은 급상승할 것이다.

"그리고 대룡을 키우려면 절대적으로 믿을 수 있는 사람들이 필요합니다."

절대적으로 믿을 수 있는 사람들. 그런 아이들이 대룡에서 일하게 된다면 그 아이들은 대룡을 자신들과 하나처럼 생각할 것이다.

"성화는 그 부분이 많이 약하죠."

성화의 속성을 말하는 여러 가지 단어가 있다. 사오정, 오육도. 45세 넘으면 정신 나간 놈, 56세가 넘으면 도둑놈.

물론 국민들이 자신들을 비하하기 위해 쓰는 말이긴 하지만 성화는 나이 40세만 넘으면 퇴직의 압박을 받는다.

"그리고 그들은 성화에 대해서 누구보다 잘 알고 있지요."

유민택의 눈에서 불이 번쩍 켜졌다. 성화. 유민택과 함께 갈 수 없는 철천지원수.

"성화의 주요 인력을 빼 올 수 있다면 어떻게 되겠습니까?"

"흐흐흐."

유민택의 얼굴에서 잔인한 미소가 떠올랐다.

한 해에 성화에서 해직당하는 사람의 수는 수백 명이 넘는다. 성화에서 단물 다 빨아먹히고 버려지는 존재들.

'하지만 그들은 성화 내부에 대해서 가장 잘 아는 사람들이다.'

심지어 몇몇은 그들이 실행한 프로젝트의 약점이나 물건의 하자 같은 것도 알고 있는 사람들이다. 그런 사람들이 과연 대룡에 붙어서 그 부분을 보완한 물건을 내놓는다면 어떤 일이 벌어질까?

"그런 물건을 만들기 위한 공장과 제조법을 알고 있는 직원들과 그걸 도와줄 수 있는 생산직 사람들이 한꺼번에 모인다면 어떻게 될까요?"

아마도 성화의 시장가치는 급속도로 떨어질 것이다.

"좋은 생각이군."

유민택은 눈을 빛내면서 웃고 있었다.

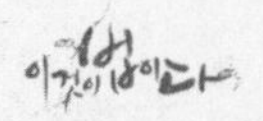

“절묘하군요.”

“뭐가 말입니까?”

“처음에는 논리로 그다음에는 복수심으로 자극하시더군요.”

“뭐, 설득의 방식에 논리만 있는 게 아니니까요.”

노형진은 손예은의 말에 미소를 지었다.

처음에는 논리로 하려고 했다. 하지만 역시나 유민택은 만만한 사람이 아니었다. 장기적으로 돈이 될 건 알지만 기업의 특성상 그들은 당장 돈이 안 되면 움직이지 않으려고 한 것이다.

“그 정도는 예상했으니까요.”

“그래서 다음 카드는 복수?”

“네.”

대룡은 주식회사이기는 하지만 그 형태를 보면 가문 기업이다. 즉, 한 가문에서 가장 많은 지분을 가지고 있는데 그 지분량은 절대적이다. 당연히 그 지분의 주인은 가문의 장자이자 종손인 유민택 회장이고 말이다.

“그런 가문 집안에서 가장 중요한 존재는 다름 아닌 장손입니다.”

그런데 성화에서는 장손들을 죽였다. 기업이 날아가는 것보다 더 분노하게 만드는 일이다.

"당연히 그들은 복수를 꿈꾸죠."

지금까지 대룡의 행동을 보면 수익을 위해서 하는 것도 있지만 복수를 위해서 하는 것도 있다. 대표적인 예로 영화관 통합 사업이 있다. 이 사업의 경우에는 그리 돈이 되는 게 아니지만 단 하나, 성화가 더 이상 세를 늘리지 못하게 하기 위해 한 것이다.

"이것도 마찬가지입니다."

복수의 심리는 간단하다. 자신들에게 그다지 피해가 오지 않으면서 상대방에게 피해를 줄 수 있다면 사람들은 그걸 기꺼이 행한다. 노형진은 그걸 이용해 자극했을 뿐이다.

"더군다나 상당 부분은 제가 투자하니까 기업 차원에서는 그다지 손해 보는 건 아니거든요."

"노 변호사님이요?"

"네."

"왜요?"

"어차피 나가야 하는 세금이잖아요."

대한민국에서는 세금을 무척이나 강하게 부과하는 편이다. 그 세금이 제대로 쓰이지 않는다는 것이 문제지만.

하여간 노형진 역시 적지 않은 세금을 내고 있다. 그런데 현행법상 이런 자선사업에 들어간 돈은 세금을 붙이지 않는다. 즉, 어차피 가만히 있어도 뜯길 거 그 돈으로 좋은 일을 하겠다는 것이다.

"하긴 그래서 대기업들이나 돈 많은 사람들이 자선사업을 하죠."

"그렇죠."

사람들은 돈 많은 사람들이 자선사업을 하면 착해서 그런 줄 안다. 하지만 아니다. 사실 세금 내기 싫어서 그런 것뿐이다. 그만큼 세금을 안 내니까.

그러니 무조건 내야 하는 세금으로 자선사업을 하면서 몇 개 서류만 조작하면 더 많은 돈을 아낄 수 있다.

"그러면 바로 시작하는 건가요?"

"네, 시간은 없고 구할 아이들은 많으니까요."

노형진은 속으로 웃으면서 말했지만 그 내부에 숨겨진 가장 큰 비밀은 누구에게도 말하지 않았다.

'그건 아직이다……. 좀 더…… 시간이 필요해.'

그 그림이 세상에 나오는 날. 어쩌면 대한민국은 바뀔지도 모른다.

변호사와 사기꾼은 한 끝 차이다

폐교를 사는 것은 어려운 일이 아니었다.

어차피 건물 자체는 비어 있고 지역의 입장에서도 관리비만 먹는 곳이고 워낙 커서 어떻게 쓸 수도 없는 곳이다 보니 사려고 하는 협상은 잘되었고 구입 자체도 어렵지 않았다.

하지만 생각지도 못한 문제가 노형진과 대룡의 발목을 잡았다.

"이래서는 아무래도 아무것도 못 하겠는데요?"

폐교는 기본적으로 교실이기 때문에 사람들이 살 수 있게 하기 위해서는 리모델링을 해야 한다.

어차피 기숙사제 학교니까 그렇게 쓴다고 해도 폐교라는 것 자체가 오래된 곳은 대부분이기 때문에 수리하기 위해서라도 공사는 해야 한다.

그런데 그런 공사를 하기 위한 차량이 마을로 들어가는 과정에서 생각지도 못한 문제에 맞닥뜨려서 들어가지 못하고 있었다.

"이거 장난하는 것도 아니고?"

눈앞에 휘날리는 플래카드를 들고 서 있는 사람들.

그들은 아주 차가운 눈빛으로 몽둥이를 들고 입구를 막고 있었다.

"깡패 학교 설립 반대?"

휘날리는 플래카드를 읽어 본 노형진은 얼굴을 찌푸렸다.

"너무하는군요."

함께 온 손예은은 살짝 얼굴을 찡그렸다. 그 말뿐만 아니라 별의별 말들이 다 쓰여 있었기 때문이다.

"깡패들은 물러가라! 물러가!"

"깡패 학교 설립을 반대한다! 반대한다!"

머리에 띠를 두르고 조끼까지 맞춰서 입은 그들은 입구를 농사에 쓰는 농업용 차량들로 틀어막고 소리 높여서 고함을 고래고래 지르고 있었다.

"이래서는……."

눈치를 보던 공사 업자는 뒤로 슬쩍 물러났다. 그리고는 노형진에게 눈빛을 보냈다. 자신들은 모르는 일이니 해결해 달라는 눈빛.

'이거참…….'

물론 흔해 빠진 철거 업자를 동원하면 해산시키는 데 얼마 걸리지 않지만 노형진은 변호사라 그럴 수는 없는 노릇이었다.

"일단 이야기를 해 봅시다."

노형진은 나서자 안쪽에서 웅성거리더니 한 사람이 앞으로 나섰다.

"누구십니까?"

"깡패학교건설반대 비상대책위원회의 위원장은 허만수입니다. 그러는 당신이 노형진이겠군요."

'날 알아?'

노형진은 고개를 갸웃했다. 이 사업에 그가 투자하기는 했지만 공식적으로는 대룡에서 하는 사업으로 되어 있었다. 그런데 자신을 안다?

"그런데요?"

"그럼 말이 빠르겠군요. 우리 요구 조건은 간단합니다. 포기하세요."

"뭘요?"

"당연히 깡패 학교 건설이죠. 어디 우리 고장에다가 깡패 새끼들을 끌어들이려고 그래요?"

"깡패 새끼들?"

"안 그렇습니까? 도둑질이나 하고 가출이나 밥 먹듯이 하는 깡패 새끼들을 어디 남의 고향에 집어넣으려고 해요? 미친 거 아닙니까? 우리가 그냥 둘 거라고 생각해요?"

"그런 아이들은 절대 못 옵니다."

노형진이 바보도 아니고 그런 녀석을 여기에 들여보낼 생각이 없다.

대표적인 범죄 이론 중에 썩은 사과 이론이라는 것이 있다. 썩은 사과를 그냥 두면 주변을 빠르게 썩게 만든다는 것이다. 그리고 노형진의 경험상 그건 맞는 말이다.

요즘은 인권주의자라는 녀석들이 갱생이니 뭐니 하면서 그냥 둬야 한다고 말이 많아 어쩔 수 없이 그냥 그런 녀석들을 많이 놔둔다.

하지만 엄밀하게 말하면 갱생은 자신들끼리 있게 한 상태에서 해야지, 멀쩡한 아이들과 섞어 둔 상태에서 갱생이라는 핑계하에 방치하면 주변을 타락시키는 결과만 낳을 뿐이다.

당연히 여기에 들어오게 될 아이들은 진짜로 불량해서 오는 아이들이 아니라 비정상적인 가정에서 탈출하는 아이들이 될 것이다.

"그건 편견입니다. 이 학교에 오는 아이들은 그런 아이들이 아니라 도움과 보살핌이 필요한 청소년들입니다. 비정상적인 가정에서 폭력과 학대 등을 피해서 도망쳐 온 것뿐입니다."

노형진은 차근차근 설명해 줬다. 범죄자를 양성하는 게 아니라 도망친 아이들을 구하는 것이라는 설명.

하지만 그들은 단호했다.

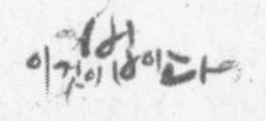

"웃기지 마! 그렇게 말하고 도시에 있는 온갖 쓰레기들을 여기에다 다 버리려는 거잖아!"

"쓰레기?"

노형진은 기가 막혀서 말을 하지 못했다.

도대체 그 아이들이 무슨 짓을 했다고 본 적도 없는 사람들에게 쓰레기 소리를 들어야 한단 말인가?

"그 아이들은 그저 따뜻하게 몸을 누일 공간이 필요할 뿐입니다."

"개소리! 가족을 버리고 나온 쓰레기들이 어디 가겠어? 안 그렇습니까, 여러분!"

"맞습니다!"

"우우! 꺼져라!"

노형진에게 날아오는 돌멩이들.

후다닥 물러났기 때문에 맞은 것은 없지만 그들의 행동에 노형진은 어이가 없었다.

"이봐요!"

"우리 고장을 오염시키라고 하지 마라! 안 그렇습니까, 여러분!"

"우우!"

"꺼져라!"

"쓰레기 같은 놈들은 죽여 버려!"

고래고래 소리를 지르는 노인들을 보면서 노형진은 왠지

여기서만 그런 문제가 생기는 게 아닐 거라는 뜬금없는 걱정이 들기 시작했다.

"어떻게 알았나?"

"그냥요. 저에 대해서 너무 잘 알더군요. 시위 방법도 잘 알고."

노형진은 어쩔 수 없이 물러나서 돌아왔고 당장 다른 곳에 준비 중인 시설에 대해서 확인했다. 아니나 다를까, 다른 곳들 역시 비슷한 상황이었다.

"이상하군. 아니, 도대체 어떻게 이런 일이 동시다발적으로 생기는 거지?"

송정한은 기가 막혔다.

지금 이 건은 새론으로서도 엄청나게 큰 건이다. 1인당 양육비의 10% 정도의 수익을 생각한다고 하더라도 그 숫자가 매년 몇만인 만큼 새론의 새로운 장기 수익 모델이 될 일이라 새론도 적극적으로 움직이는 상황이었다. 그런데 갑작스러운 시위라니.

"아마도…… 시위꾼이 끼어들었을 가능성이 높습니다. 그 배후는…… 성화겠지요."

"시위꾼? 배후?"

“네.”

시위꾼이란 말 그대로 시위를 전문적으로 하면서 뭔가를 뜯어먹는 인간들을 말한다. 분명 그런 사람들은 존재하고, 그들은 시위에 관련된 많은 정보를 바탕으로 사람들을 휘어잡아서 위원장이니 뭐니 하는 자리를 차지하고 상대방에게서 돈을 뜯어내려고 한다.

“아니, 왜 성화가 방해하는데?”

“대룡이 끼었으니까요.”

“설마 대룡의 계획을 알아차렸단 말인가?”

대룡의 계획은 간단했다. 그곳에 들어오는 아이들에게 성화에서 명퇴당한 사람들을 붙여서 복제 물품을 만들어서 그들의 시장을 줄여 버리겠다는 계획. 조금만 바꿔서 복제 물품을 만드는 것은 어려운 일이 아니니까.

“아니요. 아직은 모를 겁니다.”

하지만 아직 명퇴자들에게 접근한 것도, 공장 설립을 한 것도 아니다. 성화가 그런 걸 알아차리기에는 너무 이르다. 이 계획은 아주 최측근들만 알고 있기 때문이다.

“아마도…… 그냥 대룡이 하는 일이니까 방해하는 것일 겁니다. 대룡이 뭘 하든 자신들에게 좋을 리 없으니까요.”

“끄응…….”

말 그대로 고래 싸움에 새우 등 터지는 상황이 된 것이다.

“그럼 우리끼리 했으면 이런 일은 없었으려나?”

"아닐 겁니다. 우리는 대룡과 밀접한 관계를 맺고 있습니다. 설사 대룡이 전면에 나서지 않는다고 하더라도 우리를 감시하고 있을 테니 어떤 식으로든 방해하려고 하겠지요."

더군다나 자신들을 도와주던 청계가 사라졌으니 당연히 뭐든 사사건건 방해하려고 할 것이다.

"시위꾼이라……."

"딱 좋지요."

돈이 드는 것도, 흔적이 남는 것도 아니다.

"무력을 사용하기에는 상대방이 좋지 않고요."

강제로 뚫고 들어가자니 상대방은 대부분 노인이다. 그렇다보니 '가출 청소년 = 깡패'라는 식의 고정관념을 강하게 가지고 있는 데다가 한번 선동당하면 잘 변하지 않는 성향이 있다.

"그나저나 배후에 누가 있다는 걸 어떻게 안 건가?"

"입구를 막은 바리케이드에서 알아챘습니다."

공사하러 갔을 때 나온 사람은 젊은 사람이었다. 노인들만 사는 시골에 사는 것으로 보이지 않는 젊은 사람. 거기에다 농사꾼으로 보이지도 않았다. 그런 사람들이 그에 대해 잘 알고 있다.

"사실 그 두 가지는 알 수도 있지요."

시골이라고 해도 젊은 사람이 있을 수도 있다. 이번 일을 추진한 사람이 노형진이니 어떻게 알 수도 있다.

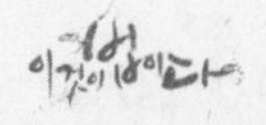

"그런데 입구를 막은 물건들이 죄다 농기구나 농사용 차량이더군요."

마을 입구를 막은 것들은 경운기 같은 농사용 차량이었다.

"그런데 입구를 막기에는 움직이기 좋은 자가용 같은 게 더 좋거든요."

"그런데?"

"그럼에도 불구하고 경운기를 동원했다는 건 외부에 드러나는 시선을 신경 썼다는 것이죠."

움직이기에는 자가용이 훨씬 좋다. 가격도 비싸서 강행 돌파하기도 힘들다. 그럼에도 불구하고 경운기 같은 것을 배치했다는 것은 외부에 자신들이 약자로 비치기를 원한다는 뜻이다.

"그리고 그들이 카메라를 가지고 있더군요."

"카메라?"

"네."

물론 카메라맨은 숨어 있었지만 노형진은 그를 발견했다.

"핸드폰에도 카메라가 달려 있는 시대인데도 불구하고 전문가용 카메라를 가진 채로 몸을 감추고 있는 사람이 있다는 게 과연 무슨 의미일까요?"

"강행 돌파하려고 하면 언론에 낼 생각이었군."

"아마도요. 그리고 그런 시골에 사는 사람들이 그렇게 복잡한 함정을 팔 수는 없죠."

만일 이 사건이 뉴스에 나가면 대룡과 성화는 깡패들을 위해서 선량한 농부를 때려잡는 나쁜 기업으로 언론에 나갈 것이다.

"그럼 어쩌지?"

강행 돌파를 하자니 언론에 나갈 테고, 안 하자니 장기적인 계획에 문제가 생긴다.

"그냥 헬기로 확 자재를 날라 버릴까요?"

확실히 헬기를 동원해서 자재와 사람을 나르면 그들이 입구를 막든 말든 상관없다.

"워워…… 노 변호사, 진정하게. 못할 건 아니겠지만 배보다 배꼽이 커."

"맞아요. 그리고 그렇게 하고 나서 아이들을 들여보낸다고 해도 동네 사람들이 아이들에게 따뜻한 시선을 보낼 것 같지는 않네요."

"압니다. 그냥 화가 나서 한 말이니까 신경 쓰지 마세요."

건물을 만드는 것만 문제가 아니다. 그곳에 들어가게 될 아이들은 가정에서 상처 받고 도망친 아이들이 될 것이다. 그런데 이런 상황에서 무작정 만든 후 들여보낸다고 하면 또 다시 상처만 덧나게 하는 꼴이 된다.

"이거 원, 똥인지 된장인지 찍어 봐야 아는 건지."

시골은 명백하게 죽어 가고 있다. 인구의 90% 이상이 60세 이상 노인으로 되어 있다. 수익 모델은 오로지 농사뿐이며 그마저도 아주 작은 규모다. 그래서 그런 학교가 들어온다는 것에 지방자치단체에서는 쌍수를 들어서 환영한 것이다.

젊은 사람이 들어온다는 것. 그것은 도시가 다시 살아난다는 뜻이기 때문이다.

"그렇다고 마음대로 들어갈 수도 없잖아요."

"그게 문제죠."

아무리 자치단체에서 환영한다고 해도 결국은 기존 주민의 의견을 거부할 수는 없다.

"그럼 어쩌지요?"

"그러게 말일세. 이미 땅은 다 사 놨고 공사 계획까지 다 잡아 놨는데."

노형진은 잠시 침묵을 지켰다.

"법적으로 싸울 수야 있겠습니다만……."

하지만 그건 시간이 너무 오래 걸린다. 이긴다고 한들 앙금을 없앨 수는 없다. 그리고 당장 겨울이 코앞인데 아이들이 갈 곳을 구하는 것이 더 다급하다.

겨울은 춥다. 바깥에서 잘 수는 없다. 결과적으로 가출 청소년들이 가장 범죄에 유혹을 많이 느끼는 때가 바로 겨울이다.

그 순간 노형진의 머릿속을 스치고 지나가는 한 가지 기억.

"그런 말이 있지요. 변호사와 사기꾼의 차이는 한 끝 차이라고요."

"응? 누가 그런 망발을."

송정한은 살짝 발끈했다. 변호사를 사기꾼과 비교한 게 기분 나쁜 것이다. 하지만 노형진은 공감했다.

"사실 틀린 건 아닙니다. 둘 다 법의 허점을 이용해서 싸우는 사람이니까요. 다만 변호사는 남을 위해서, 사기꾼은 자신을 위해서 싸울 뿐이지요."

"아무리 그래도 그렇지, 어떻게 사기꾼이 변호사가 될 수 있나!"

"물론 불가능하죠. 사기꾼은 사기꾼입니다. 하지만 한 끝 차이라면 변호사가 사기꾼이 되는 것도 가능하지요."

"응? 그게 무슨 소리인가?"

"좋은 생각이 났습니다."

"좋은 생각?"

"네. 후후후."

노형진은 머릿속의 계획을 생각하면서 미소를 보였다.

노형진은 고개를 갸웃했다. 이름을 잘못 들은 것 같았기 때문이다.

"누가 찾아왔다고요?"

"허만수라는 분인데요?"

"허만수?"

"네."

허만수라고 하면 그가 아는 사람은 딱 한 명뿐이다. 더군다나 그는 자신을 찾아올 이유가 없다.

'뭐지? 꿍꿍이가 있는 건가?'

노형진은 여러 경로를 통해서 허만수를 비롯한 여러 사람들이 성화의 사주를 받고 움직이고 있다는 사실을 알아차렸다. 처음에는 의심이었을지도 모르지만 결과적으로는 사실로 드러났다. 그런데 그들이 자신을 찾아왔다?

'무슨 꿍꿍이인지 모르겠군.'

노형진은 일단 그를 만나 보겠다고 고개를 끄덕거렸다. 허만수가 찾아온 이유를 알지 못하는 상황에서 무조건 거절할 수는 없기 때문이다.

'뭐, 안전상의 문제가 있을 것 같지는 않으니까.'

허만수는 사기꾼에 선동가지, 테러범이 아니다. 더군다나 자신이 해가 될 만한 일에는 절대로 끼지 않는 인간이다. 선동해서 사람들을 전면으로 내보낼지언정 절대로 앞에 서지 않는 인간.

"여, 사무실 좋네요?"

안으로 들어오는 허만수는 노형진의 사무실을 보면서 히죽 웃었다.

"무슨 일이지요? 시위를 멈추기로 결정이라도 했습니까?"

노형진의 말에 허만수는 씩 웃으면서 그에게 묻지도 않고 책상 앞에 있는 의자를 쭈욱 뒤로 당겨서 앉았다. 그거야 어차피 앉으라고 가져다 둔 것이니 넘어갈 수도 있다. 하지만 그다음 순간 그의 행동은 도를 넘었다.

'발을 올려?'

의자에 기대서는 책상에 발을 올리고는 씩 웃는 허만수.

"뭐, 별건 아니고 그냥 서로 좋은 게 좋은 거다 싶어서 온 겁니다."

하지만 딱 봐도 그의 행동은 자신이 절대적인 갑이라는 사실을 알고 행동하는 것이었다. 하긴 지금 대룡과 노형진이 이번 일에서 물러나기에는 상당한 피해를 각오해야 하니까. 더군다나 복수 문제가 있는 이상 대룡에서 쉽게 물러날지 알 수도 없는 노릇이고 말이다.

"좋은 게 좋은 거라니요?"

노형진은 일단은 분노를 속으로 삼키면서 되물었다. 단순히 화를 내서는 제대로 되는 것이 없다는 것쯤은 알고 있었기 때문이다.

"에이, 알면서 왜 이러시나?"

"알면서?"

"우리도 마냥 반대하는 것은 아니라는 거죠."

'우리라. 역시나 그렇군.'

자신도 모르게 우리라고 표현한 허만수.

물론 우리라는 개념이 지금 시위 중인 노인분들이라고 생

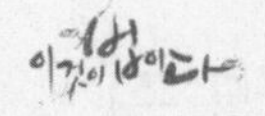

각할 수도 있다. 하지만 노형진이 봤을 때는 우리라는 말은 그들이 아닌 각 지역에서 선동하는 놈들일 가능성이 높았다.

'역시 성화의 사주를 받았다는 소리군.'

노형진의 생각을 아는지 모르는지 그는 히죽거리면서 발에 힘을 줘서 의자를 앞뒤로 까딱거렸다.

"그러니까 조건만 맞으면 농성을 풀겠다는 겁니까?"

"그럼요."

"그럼 협상해 보죠. 그 조건이 뭡니까?"

"별건 아닙니다. 그냥 약간의 발전 기금이죠."

"발전 기금?"

"네, 아무래도 동네가 워낙 낙후되어 있어서요. 발전 기금을 조금 내주신다면 우리도 물러날 수 있는 거죠."

노형진은 눈을 찌푸렸다.

'이거야 원, 예상에서 한 치도 벗어나지 못하는군.'

말이 발전 기금이지, 사실상 자신들이 먹을 돈을 요구하는 것이다. 그곳에 있는 노인들은 시위하고 싶어도 오래 할 수 있는 체력이 아니다. 따라서 자신들이 해야 하는데 그게 귀찮은 것이다.

'단순히 자기들이 귀찮다고 물러날 놈들이 아닌데?'

"그래서 얼마나 요구하시는 거죠?"

"뭐, 좆만 한 동네에 얼마나 많이 들어가겠수? 그냥 한 50억쯤이면 됩니다."

"50억?"

"당신 재산으로는 푼돈이니 그 정도는 주셔야지."

아무래도 노형진에게 뜯어내기 위해서 노형진에 대해 조사하고 온 모양이었다. 하지만 노형진으로서는 기가 막힌 소리였다.

'결국 돈인가?'

50억. 적은 돈이 아니다. 거의 이번 일을 하는 데 들어가는 돈과 맞먹는 돈이다. 그런데 그걸 동네별로 달라는 건 말도 안 되는 소리다.

"싫습니다만?"

"싫어요?"

"이번 일에 들어간 자산 정도는 아실 텐데요?"

"알지요. 그러니까 적당히 협상하자는 거지."

히죽거리는 그의 모습에 노형진은 그의 속셈을 알 것 같았다.

'보아하니 돈을 받은 모양이군.'

일단은 성공적으로 성화에서 돈을 받았을 것이다. 노형진과 대룡이 들어가는 걸 막았으니 약속된 돈을 주었을 것이다.

'하지만 그 돈이 계속될 리 없지.'

이 시위가 얼마나 갈지 모르지만 성화에서 계속 그들에게 돈을 줄 리 없다. 성화의 입장에서는 무슨 일인지 몰라서 일단 막았을 테지만, 장기적으로 보지 못한 그들은 무슨 일이 벌어질지 예상하는 것은 불가능에 가깝다. 당연히 적당히 막다가

별문제가 없다고 한다고 하면 손을 털고 나가려고 할 것이다.

'벌써 그럴지도 모르지.'

그들의 입장에서는 돈만 들어가고 나올 이유가 없는 곳에 돈을 처박을 이유가 없다. 더군다나 노형진에게 연속해서 두들겨 맞으면서 내부적으로 싸움이 심해지고 분열되고 있는 상황에서 말이다.

"그러니까 우리가 적당히 협상 좀 해 봅시다."

딱 보니 허만수의 계획은 대충 알 것 같았다. 허만수는 지역 발전 기금이라는 이름으로 돈을 받을 것이다. 그리고 그중 대부분을 자신이 집어삼킬 것이다.

물론 지역 발전 기금인 만큼 해당 지역을 위해서 써야겠지만 과연 저런 선동꾼들이 그렇게 할까?

'절반이라도 쓰면 다행이지.'

어차피 성화에서는 조만간 돈이 끊어질 게 뻔한 상황에서 자신들이 할 수 있는 것은 없다. 그렇다면 차라리 이쪽에서 돈을 더 뜯어내고 나가는 게 더 유리하다는 판단을 할 게 분명하다.

"그러니까 적당한 지원금을 주시면 시위를 푸시겠다?"

"그런 거죠. 세상 다 그렇게 둥글게 둥글게 사는 거 아니겠습니까? 하하하."

속이 뻔하게 보이는 그의 말.

노형진은 피식 웃었다.

'둥글게 좋아하네.'

그들이 이렇게 나올 거라 예상은 하지 못했다. 그럼에도 그들의 행동이 너무 뻔해서 뭐라고 할 수가 없었다.

"죄송합니다. 그럴 수는 없네요."

"어허, 변호사라는 분이 세상 사는데 이렇게 꼬장꼬장해서야 쓰나요. 다 협상하며 세상 사는 거지……."

"아뇨, 협상이 아니라 내부적으로 매각하기로 결정돼서요."

"매각?"

"네."

매각이라는 소리에 깜짝 놀라는 허만수.

이건 전혀 생각하지 못한 일이었다. 대룡의 자존심이 얼마나 강한가?

더군다나 그들은 이번 일 뒤에 성화가 있다는 사실을 알 것이다. 당연히 그 부분을 살살 긁으면 돈을 제법 두둑하게 받아 내고 나올 수 있을 거라 생각했다. 죽으면 죽었지, 성화에 질 생각은 없을 테니까. 그런데 매각이라니?

'말도 안 돼. 대룡이 여기서 백기를 들고 나갈 리 없는데?'

허만수가 뭐라고 생각하든 노형진은 안타까운 듯 고개를 흔들었다.

"애석하게도 이 사업은 주민들의 반대가 너무 심해서 포기하기로 했습니다. 불우한 이웃들이 불쌍하기는 하지만 우리도 지역 주민들에게 피해를 줄 수는 없으니까요."

노형진은 천연덕스럽게 말했다.

그 말을 들은 허만수는 멘붕이 온 듯한 표정을 지었다.

쉽게 포기하지 않을 거라고 생각했다. 사실 각 지역별로 50억을 요구하기는 했지만 그건 말도 안 된다는 것을 알고 있다. 그래서 자신들이 함께 한 50억 정도 챙길 수 있으면 나가려고 했다. 그런데 판매라니?

"아니, 그런 시궁창 같은 곳을 도대체 누가 산단 말입니까?"

이미 해당 학교들은 지자체에서 몇 년 전부터 내놓은 것이다. 하지만 그 건물들을 사기는커녕 구경하러 온 사람도 없었다. 그런데 구매자가 있다니?

"마침 구매하고자 하는 분들이 있네요."

노형진은 미소로 대답했고 허만수는 그런 미소에 멍하니 그를 바라볼 뿐이었다.

"아마 조만간 현장 시찰을 하러 온다고 하셨으니 조만간 만나실 겁니다."

"조만간요?"

"네."

허만수의 얼굴은 똥 씹은 얼굴이 되기 시작했다

⚖

"진짜여?"

"네! 다시 온다니까 절대로 길 열어 주시면 안 됩니다."

"이 써글 놈들, 아직도 정신을 못 차렸구만."

"이번에는 아작을 내야긋어!"

"김 씨! 차 끌고 와! 길 막자고!"

"아, 차 안 됩니다. 경운기요. 경운기."

"아, 맞다. 그렇체!"

허만수는 사람들을 선동하여 또다시 길을 막기 시작했다.

'그래, 다른 놈에게 뜯어내면 그만이다.'

계획이 조금 어긋나기는 했지만 다음에 들어올 녀석들에게 다시 뜯어내면 그만이라는 생각에 그는 선동을 멈추지 않았다.

'다만 다음 놈은 노형진 그 새끼보다는 가난할 것 같은데.'

노형진에게서 돈을 뜯어낼 생각으로 조사해 보던 허만수 일당은 깜짝 놀랐다. 노형진이 엄청난 부자라는 사실을 알아챈 것이다. 그의 재산 대부분이 금괴로 바뀌어 있어 사람들이 잘 모를 뿐이다. 그래서 제법 두둑하게 뜯어낼 수 있을 거라 생각했는데.

'이거야 뭐, 이 좆 같은 시골이니 1억이나 뜯어내면 다행인 건가?'

그는 그렇게 생각하면서 입구를 틀어막고는 오늘 오기로 한 사람들을 기다리기 시작했다.

"저기 오네요!"

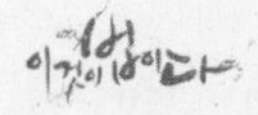

"이런 써글!"

"저 잡년들을 처죽여야 제!"

분기탱천한 노인들은 당장 오면 때려죽일 듯 노려봤는데 그들의 모습은 흙먼지가 점점 가까워지고 차들의 모습이 보이기 시작하자 점점 약해지기 시작했다.

"저거시 뭐시여?"

딱 봐도 검은색 세단으로 이루어진 무리였다. 일반적으로 보러 온다고 하면 많아야 차 두 대 정도이다. 그런데 못해도 여덟 대나 되는 검은색 차량들이 다가오고 있었다. 그중 다섯 대는 대형 봉고였다.

"저것이 뭐랑가?"

"글쎄요?"

허만수는 당황했다. 이런 건 사전에 알지도 못했다.

끼이익!

그러는 사이 차들이 앞에서 멈춰 섰다. 그리고 잠잠해졌다.

'뭐지?'

이렇게 길을 막고 있으면 누군가는 궁금해서 나와야 정상이다. 그런데 단 한 명도 차에서 나오는 사람이 없었다.

'도대체 뭐야? 아, 씨발……. 왜 이렇게 등이 서늘하지?'

뭔지 모를 불안한 느낌.

딸깍!

그 순간 앞 차에 있던 사람이 내렸다.

허만수는 당연히 그가 자신들에게 다가올 줄 알았다. 그런데 그는 자신들에게 다가온 게 아니라 뒤로 있는 차량으로 가더니 그 차의 문을 공손하게 열었다.

'이 무슨…….'

그 장면을 보고 허만수는 뭔가 잘못되었다는 사실을 알고는 침을 꿀꺽 삼켰다. 차에서 한 남자가 나오자 봉고에서도 수많은 건장한 남자들이 나온 것이다. 그들은 하나같이 검은색 양복을 입고 있었다.

"뭐야?"

"형님! 저 인간들이 길을 막고 있습니다."

천천히 고개를 돌린 형님이라 불린 남자는 천천히 허만수를 바라보았다. 그 차가운 눈빛을 받은 허만수는 자신도 모르게 침을 꿀꺽 삼켰다.

'이런 씨발. 이거 산다는 인간이 조폭이었어?'

그 차가운 눈빛은 절대로 일반인의 눈이 아니었다. 조폭 그것도 산전수전 공중전까지 다 겪어서 사람 몇 죽여 본 적이 있는 놈의 눈빛이었다.

"시워라."

터벅터벅 걸어오는 남자. 그 남자는 허만수의 앞에 도착하고는 슬쩍 고개를 들었다.

"너, 왜 길은 막고 지랄이야?"

"그…… 그게……."

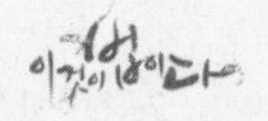

“너희 같은 깡패 새끼들 들어오는 거 막으려고 그런다, 이 깡패 놈의 새끼야?”

“깡패?”

“그래!”

눈치 없는 노인 한 명이 소리를 버럭 질렀다.

‘이런 씨발…….’

그의 살기가 점점 강해지는 것을 느끼면서 허만수는 침을 꿀꺽 삼켰다.

“그래서 우리가 들어가는 게 싫으시다?”

“아니, 그게…… 그렇다기보다는…….”

“그래, 이 깡패 놈아!”

나이를 먹어서 겁이 없는 건지, 아니면 눈치가 없는 건지 소리를 버럭버럭 지르는 노인 한 명 때문에 허만수뿐만 아니라 다른 노인네들도 침을 꿀꺽 삼키기 시작했다.

“허, 대한민국이 아주 개판이구만. 이런 노친네들이 법보다 우선하네.”

“법보다 우선?”

“대한민국에는 이동의 자유가 있는 줄 알았는데?”

“…….”

“뭐, 그렇게 말씀하신다면야 우리가 도와 드려야지.”

“네?”

“뭐라고?”

솔직히 무슨 사달이 날 거라 생각했다. 자신들을 패거나 차로 밀어 버리는 것 같은 일 말이다. 그런데 도리어 도와준다니?

'설마 포기한다는 건가?'

문득 희망을 가지고 그를 바라보는 허만수.

하지만 다음 순간 벌어진 일은 그의 희망을 산산히 부숴 버렸다.

"남자가 말이야, 뭔가를 하기로 했으면 칼을 뽑아야지. 야! 안에 사슬 있지?"

"네, 형님!"

"그거 가지고 와. 남자가 가오가 있지, 뭐 이런 같잖은 걸 가지고 시위를 해? 하려면 화끈하게 해야지."

타고 온 차에서 쇠사슬을 꺼내는 남자들.

"이분들을 묶어 드려라."

"뭐라고요!"

"아니, 왜 묶어요!"

"기본 아냐? 뭔가를 막으려면 가장 좋은 건 몸으로 막는 거잖아? 안 그래? 안 그러면 그 정도 각오도 하지 않고 시작한 거야?"

"……."

"그러니까 시위를 도와 드리는 의미에서 묶어 드려야지. 싫어? 싫으면 꺼지고."

허만수는 침을 꿀꺽 삼켰다. 일이 잘못되어 가고 있다는 걸 알아차린 건지 노인들이 서로 눈치만 보기 시작한 것이다.

'젠장, 물러나면 안 돼.'

이 상황에서 물러나면 다시는 사람들을 모으지 못할 것이다. 선동에서 가장 중요한 것은 사람들이 집단적 광기에서 벗어나지 못하게 하는 것이기 때문이다.

'그래, 설마 죽이겠냐!'

아무리 그래도 죽이겠냐는 생각에 그는 배 째라고 앞으로 나갔다.

"오냐! 우리가 그렇게 한다고 겁먹을 것 같냐! 묶어라! 여러분, 동요하지 마세요! 저 녀석들은 절대로 우리한테 손 하나 까딱하지 못합니다. 여기 법치국가예요! 법치국가! 어디서 깡패 새끼가 국민들을 핍박합니까!"

허만수가 호기롭게 외치면서 용기를 내자 그걸 본 다른 노인들 역시 용기를 냈다.

"그래! 묶어라!"

"웃기지 마! 너 같은 깡패 새끼들 들여보내려고 우리가 뭉친 줄 알아?"

한 명이 용기를 내자 더욱 용기를 내는 사람들.

'어쩌면 가짜일지도 몰라.'

허만수는 문득 그런 생각이 들었다. 오늘 온다고 한 것도 결국 노형진에게 들은 정보다. 즉, 겁을 줘서 이런 농성을 못하게 하려고 한 가짜 정보라는 뜻이다.

'그래, 어쩐지 이상했어.'

상식적으로 사람을 묶어 둘 정도의 쇠사슬을 가지고 다닌다는 게 말도 안 된다. 아무리 조폭이라도 한두 개도 아니고 이 많은 사람들을 묶을 정도로 가지고 있을 리가.

"어쩔 거야!"

"묶어, 씨발!"

고래고래 소리를 지르는 인간들.

"원하신다면."

결국 자발적으로 사슬에 묶이는 사람들. 하지만 그게 얼마나 멍청한 짓인지 그들은 알지 못했다.

철컥!

"어?"

사슬에 함께 묶였으니 함께 움직일 수도 있다. 하지만 그 사슬이 거대한 나무에 고정된다는 것은 전혀 생각하지 못한 일이었다.

"핸드폰 회수해라."

"뭐? 잠깐…… 뭐하는!"

뭔가 잘못되었다는 생각을 한 그들은 저항하려고 했다. 하지만 이미 쇠사슬에 묶인 채로 고정된 그들은 어떻게 할 수가 없었다. 결국 핸드폰을 모조리 빼앗겨 버린 동네 사람들과 허만수.

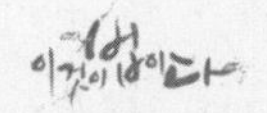

"뭐하는 짓이야!"

"뭐하는 짓이긴? 도와준다고 했잖아. 그러니까 도와줘야지."

"그런데 핸드폰을 왜 훔쳐 가!"

"우리는 안 훔쳐."

그 핸드폰을 상자에 넣고 곱게 뻔하게 보이는, 그러나 절대로 손에 넣을 수 없는 위치에 두고 온 사람들은 갑자기 차로 돌아가기 시작했다.

"어, 뭐하는 거야?"

"뭐하는 거긴. 안 판다며? 그럼 우리가 볼 필요는 없지."

"잠깐……! 이건 풀어 주고 가야지!"

"그건 네가 알아서 해."

"뭐?"

"잘 있어라!"

순식간에 썰물 빠져나가듯이 빠져나가는 사람들. 그리고 사람들은 그걸 멍하니 바라볼 수밖에 없었다.

"도대체 무슨 일이 벌어진 거야?"

그들은 그저 멍하니 중얼거렸다.

그리고 얼마 지나지 않아서 무슨 일이 벌어졌는지 알 수 있었다.

"이봐…… 위원장."

"네?"

"화장실이 좀 급한데……."

노인 중 한 명이 꿈틀거렸다.

"화장실요?"

"그래."

"……."

말을 못 하는 허만수. 단단하게 묶여 있는 상황에서 화장실을 어떻게 간단 말인가.

"그게……."

방법이 없었다.

"그냥 싸서 말리세요."

"뭐?"

"풀어 드릴 수가……."

"장난해!"

"……."

완벽하게 함정에 빠진 꼴이었다.

솔직히 자신들이 버티면 저쪽은 겁주다가 당황해서 물러날 거라 생각했다. 그런데 물러나기는커녕 진짜로 묶고는 사라진 것이다.

"알아서 한다며!"

"그게……."

허만수는 당황해서 말할 수가 없었다.

"나도……."

"그냥…… 싸서 말리세요."

"큰 건디……."
"네?"
더욱 당황스러운 일은 점점 크게 벌어지고 있었다.
"으으……."
노인들은 아무래도 젊은 사람들보다 근력이 떨어진다. 그건 단순히 팔다리의 문제가 아니다. 당연히 젊은 사람들보다 화장실도 자주 간다.
"으으으……."
한 노인의 얼굴이 점점 붉어지더니 순식간에 얼굴이 파래졌다.
"망할."
작은 탄식과 함께 풍기기 시작하는 구리구리한 냄새.
그의 축 늘어진 옷은 어떤 일이 벌어졌는지 알게 해 줬다.
"닝기미……."
그걸 본 사람들은 얼굴을 찌푸렸지만 누구도 놀리지 못했다. 지금부터 자신에게도 닥칠 수 있는 일이었기 때문이다.
"젠장……."
그 노인은 바지를 벗어서 뒤로 던져 버렸다.
"허 위원장, 어떻게 된 거야!"
"그게……."
"절대로 우리 피해 보는 일은 없을 거라며!"
"그게……."

결국 아무런 말도 하지 못하는 허만수.

그렇게 시간은 흐르고 노인들은 한 명 두 명 똥오줌을 지리기 시작했다. 심지어 나이가 젊은 허만수조차 그걸 피할 수는 없었다.

"이런 씨발."

결국 축축하게 축 늘어지는 팬티와 바지의 느낌에 허만수는 치를 떨었다. 그러나 그가 할 수 있는 것은 없었다.

일이 이쯤 되자 슬슬 그도 짜증이 나기 시작했다. 벌써 몇 시간째 노인들의 항의를 들어 줘야 했기 때문이다.

"위원장! 어떻게 해 봐!"

"이렇게 있다간 얼어 죽을 거야!"

"아니, 젊은 사람이라서 시켜 줬더니 제대로 일을 해야 할 거 아냐!"

결국 그는 화를 버럭 냈다.

"이런 씨발, 노친네들이 입도 안 닥치고 진짜 입만 나불거리네."

"뭐라고?"

"지금 자네, 뭐라고 했나! 뭐? 노친네?"

"씨발, 그래! 노친네를 노친네라고 부르지, 뭐라고 불러? 조또 별거 아닌 거 가지고 돈독이 올라서 나랑 같이하자고 해 놓고 이 정도로 항의하면 어쩌자는 거야!"

"이 사람이 증말!"

화를 버럭 내는 사람들. 하지만 사슬은 양쪽으로 고정되어 있었기 때문에 움직일 수가 없었다.

그래서일까? 어차피 저들은 어쩔 수 없다는 생각에 허만수는 막 나가기 시작했다.

"뭐? 깡패? 깡패 같은 소리하고 자빠졌네. 그 애들이 진짜 깡패 아닌 건 너희들도 알잖아? 안 그래? 그런데 상대방 협박해서 적당히 돈 뜯어내자니까 좋다고 달라붙은 게 누군데!"

"네놈이 먼저 하자고 했잖아!"

"씨발, 그걸 실행한 게 누군데!"

점점 언성이 높아지는 사람들.

그렇게 점점 내분이 심해지고 있었다. 하지만 그 내분마저도 그다음 순간에 닥쳐올 일에 비하면 아무것도 아니었다.

"으으으……."

"추워……."

언성을 높여서 싸우느라 체력을 소진하자 찾아오는 엄청난 한기.

"으으으……."

사람들은 덜덜 떨기 시작했다.

이제 겨울로 들어갈 준비를 하는 추운 날씨다. 밤에 바깥에 나가려면 제법 두툼한 옷을 입어야 한다. 그런데 이들은 낮에 나오느라고 두툼한 옷도 없었고 그나마 바지와 팬티는 똥오줌을 싸는 바람에 바깥에 버린 상황이었다.

"으으……."

급격하게 떨어지는 날씨에 와들와들 떠는 사람들.

"이러다가 얼어 죽겠어……."

"뭐 좀 어떻게 해 봐!"

"젠장……."

하지만 다들 묶여 있는 상황에서 뭘 어떻게 할 수 있는 방법이 없었다.

"으으……."

허만수 역시 그런 그 상황에서 눈치를 살피기 시작했다.

너무 추워서 움직일 수조차 없는 상황. 바닥에서 올라오는 냉기는 상상을 초월했다.

"젠장! 젠장! 젠장!"

아무리 생각해도 이 상황을 벗어날 방법이 없었다. 그 순간 그의 눈에 들어온 것은 바지였다. 자신이 싼 똥이 덕지덕지 붙어 있는 바지.

"으으…… 씨발……."

그는 부들부들 떨면서도 차마 그걸 다시 입을 생각을 하지 못했다. 하지만 점점 떨어지는 날씨는 엄청나게 그들을 춥게 만들기 시작했다.

'안 돼……. 저건 마지막 자존심이…….'

그가 막 그런 생각을 할 때였다. 갑자기 쇠사슬이 팽팽하게 당겨졌다.

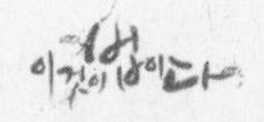

"뭐야?"

"누구야! 조이잖아!"

사람들이 시선을 돌린 곳에는 한 노인이 서 있었다. 그는 자신이 아까 집어 던진 바지로 가려고 하고 있었다.

"뭐해!"

"그게⋯⋯ 개똥밭에 굴러도 이승이 좋다잖아."

그러니까 추워서 얼어 죽을 것 같으니 똥 묻은 바지라도 입겠다는 소리였다.

"이런 젠장⋯⋯."

다들 얼굴이 탐탁지 않게 변했지만 결국은 그들도 한 명씩 그렇게 똥 싼 바지를 엉거주춤하게 입을 수밖에 없었다. 그나마 다행인 것은 상당히 마른 덕분에 털어 내면 축축한 느낌은 없다는 정도?

'으으으⋯⋯ 씨발⋯⋯ 이게 뭐야.'

결국 허만수가 마지막 바지를 입고 나자 저 멀리서 다가오는 한 대의 차량.

"저건?"

"사람이다!"

"여기요! 사람 살려!"

"사람 살려요! 여기요!"

사람들이 목청이 터지도록 외치자 그 말을 들은 건지 그 차는 천천히 마을 입구로 향했다.

"여기요!"

"이보게! 여기 구해 주게!"

더욱 가까이 오는 차를 보면서 얼굴에 화색이 도는 사람들. 누군가 오면 도움을 요청할 생각이었다.

"이런……."

하지만 허만수는 그 차에서 내리는 사람을 보고 혀를 찰 수밖에 없었다. 거기에서 내린 사람은 노형진이었기 때문이다.

"아니, 왜 이러고들 계세요?"

"헉!"

"이보게! 구해 주게!"

"이거 좀 풀어 줘!"

그를 기억하지 못하는 건지 노형진에게 읍소하는 노인들.

하지만 허만수는 그걸 보고 자신들이 함정에 빠졌다는 사실을 알아차렸다. 그게 아니고서야 이 시간에 노형진이 올 리 없기 때문이다.

"이거, 이거…… 제대로 묶어 놓으셨네. 일단 핸드폰부터 드릴게요."

노형진은 핸드폰을 꺼내서 그들에게 나눠 줬다.

"이 새끼야! 네가 함정을 판 거잖아!"

"언제요?"

"웃기지 마! 안 그러면 네가 이 시간에 올 리 없잖아!"

허만수가 길길이 날뛰자 노형진은 씩 웃었다.

"잘 아시네요."

"뭐라고?"

"여러분, 어떠신지요? 지금 여러분들이 당한 일이 아이들이 지금 당하고 있는 일입니다."

그 순간 노형진의 말에 사람들은 입을 다물었다.

"그 아이들은 이 날씨에 잘 곳도 없고 먹을 것도 없고 심지어 제대로 화장실도 못 가고 고생하고 있습니다. 깡패요? 인간이 먹고 마시고 잘 곳 없이 살아야 하는데 뭔들 못 하겠습니까? 그 아이들이 깡패가 되도록 만든 건 우리 어른입니다. 안 그런가요?"

"……."

대부분은 얼굴을 푹 숙였다. 부끄러워진 것이다. 자신들이 단 몇 시간 동안 겪은 고생을, 가출한 아이들은 몇 달씩 겪기도 하는 것이다.

"여러분들은 언제든 풀려나서 따뜻한 집으로 돌아가서 쉬실 수 있습니다. 하지만 아이들은 그렇지 않아요. 돌아가고 싶어도 집에 들어가면 구타당하고 욕먹습니다. 그 아이들이 원하는 건 쉴 곳입니다. 그리고 자신을 존중해 줄 사람이고요. 그런 아이들을 진짜로 깡패라고 생각하십니까? 설마 저희가 진짜 깡패 녀석들을 이곳에 넣을 거라 생각하세요? 여기 입소 절차는 철저합니다. 진짜 깡패는 들어올 수도 없고, 설사 들어온다고 해도 바로 쫓겨나게 되어 있습니다."

노형진의 말에 노인들은 죄책감을 느끼기 시작했다. 하지만 일부는 그것보다는 분노를 더 심하게 느꼈다.

"너희가 마음대로 묶어 놨잖아!"

노형진은 피식 웃었다.

"그래서요?"

"뭐?"

"묶는 걸 동의한 건 여러분 아닌가요?"

"그게……."

확실히 동의했다. 묶으라고 호기롭게 나선 건 그들이었다.

"핸드폰도 훔쳐 갔잖아!"

"이 경우는 훔쳐 간 게 아닙니다."

"뭐?"

"상자에 곱게 넣어서 여러분의 시선 반경에 두었지요. 이건 절도가 성립되지 않습니다."

이건 그냥 장난이다. 법적으로 재물 손괴나 점유 이탈물 횡령에 들어가지도 못한다. 기껏해야 과한 장난 정도다.

절도가 성립되려면 의사에 반해서 가지고 도망가야 하는데, 핸드폰들은 모두 그들의 시선 안에 들어 있었으니까 그마저도 성립하지 않는다.

"너희가 우리를 묶어 놓고 갔잖아! 묶는 건 둘째치고 고정시키라고는 안 했다고!"

상황이 불리하다고 생각한 허만수는 노형진에게 그 죄를

뒤집어씌우려고 화를 버럭 냈다. 하지만 그건 그의 실수였다.

"열쇠 드리고 가지 않았습니까?"

"뭐?"

"아까 말입니다. 저희가 열쇠 드리고 갔잖습니까?"

"무슨 개소리야! 열쇠가 있을 리 없……."

자신도 모르게 잠바의 주머니를 뒤지자 그 안에서 짤랑거리는 소리와 함께 나오는 열쇠.

"어? 언제……."

자신도 모르는 사이에 들어가 있는 열쇠에 당황하는 허만수.

"거봐요. 들어 있잖아요."

"그…… 그럴 리 없어. 난 받은 적이……."

하지만 노형진은 바닥에 놓여 있는 열쇠를 들어서 바로 옆에 있는 자물쇠를 풀었다. 그러자 좌르륵 소리와 함께 풀리는 쇠사슬.

"아니, 열쇠 가지고 있었으면서 왜 안 풀었어요?"

"어……."

허만수는 당황해서 눈치를 살피기 시작했다. 자신은 받은 기억이 없었기 때문이다.

물론 준 적은 없다. 아까 묶던 사람들이 슬쩍 그의 주머니 안에 넣어 둔 것뿐이다.

"말 안 했어! 안 했다고!"

"진짜요? 했을 텐데?"

"거짓말하지 마!"

"옆 사람에게 물어보죠. 어르신, 아까 그 사람들이 뭐라고 하던가요?"

"알아서 풀라고……."

"그러니까 열쇠가 있다는 소리네요."

"어……."

"보세요. 열쇠를 드리고 갔는데 안 푼 건 허만수 저 사람이라고요."

"그게……."

확실히 그렇다.

"확실하게 말씀하세요. 주는 거 보셨어요, 못 보셨어요?"

"그…… 글쎄……."

"못 보셨다면 저 사람 주머니에 열쇠가 있다는 게 말이 안 되죠……. 그걸 못 본 척했다는 건 한패라는 뜻입니다."

노인은 찔끔했다. 나이를 먹으면 겁이 많아진다. 그렇기 때문에 그는 자신도 모르게 고개를 끄덕거렸다. 그리고 노인은 한번 자신이 정한 것을 절대로 바꾸려고 하지 않는다. 고집이 세지기 때문이다.

"줬지."

"뭐라고?"

"줬어. 분명히 주는 거 봤어."

"이런 썅! 미친 늙은이가!"

노인에게 달려들려고 하는 허만수를 잡아채서 쓰러트리는 노형진.

"어르신에게 그러면 쓰나."

"이런 썅놈의 새끼!"

"아니, 열쇠를 줬는데 무슨 억한 심정이 있어서 노인들을 이 날씨에 이렇게 고생을 시킵니까?"

"아오, 씨발! 이 새끼가 증말!"

길길이 날뛰는 허만수.

물론 모든 노인들이 그렇게 물러나지는 않았다.

"당장 경찰 불러! 내 아들이 누군지 알아? 엉? 우리 마을 계장이야! 계장! 너 다 죽은 줄 알아!"

길길이 날뛰는 노인들도 있었다.

노형진은 피식 웃었다.

"감방에 가고 싶으시면 그러십시오."

"뭐라고?"

"이번 일은 단순한 장난입니다. 열쇠도 드렸고 핸드폰도 여러분들 시선 안에 있지요. 묶는 것도 여러분들이 선택하신 거고요."

"그…… 그게……."

맞는 말이다. 생각해 보면 자신들의 의견에 반해서 행해진 것은 없다.

"그에 반해 여러분들은 범죄를 저지르기 위해서 범죄 단체를 구성하여 무력시위를 했습니다. 그걸 보통 조폭이라고 하지요."

"뭐라고?"

"부정하십니까? 그럴 수 있을까요?"

노형진은 노트북을 꺼내서 아까 싸우던 노인들의 모습을 틀어 줬다.

"보다시피 여러분들이 먼저 범죄 사실을 자백했습니다. 아, 그러고 보니 이걸 공개하면 여러분들이 다 커서 똥오줌 싼 걸 가족들이 알겠네요. 돈을 뜯어내려다가 똥오줌을 싼 여러분들을 자녀분들이 어떻게 생각하실까요?"

"헉!"

"이…… 이런……."

그들은 말도 하지 못한 채 눈치를 보기 시작했다.

노형진의 말마따나 이건 단순한 장난 수준이다. 그나마도 열쇠를 줬기 때문에 처벌받기도 애매하다.

그에 비해 노인들과 허만수는 돈을 뜯어낼 목적으로 애초부터 범죄 단체를 만든 셈이다. 그리고 그게 그대로 녹화되었기 때문에 처벌을 피할 수 없게 되었다.

더군다나 이런 장면이 바깥으로 나가게 되면 자신들에게는 소위 말하는 동네에 창피한 일이 된다. 그것도 동네 전체가 전국에서 창피한 꼴을 당하게 되는 것이다.

"신고하세요. 그럼 저희도 법적으로 할 수밖에 없으니까."

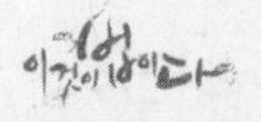

슬그머니 핸드폰을 내려놓는 사람들.

"자, 그럼 허만수 씨?"

노형진은 미소를 지으면서 그를 바라보았다.

"우린 할 말이 있을 것 같은데요?"

노형진이 미소를 지으면서 다가오자 허만수의 얼굴은 점점 창백해지기 시작했다.

"이런 씨발……."

그는 이번에는 잘못 걸렸다는 사실을 뼈저리게 느낄 수밖에 없었다.

책임은 피할 수 없다

"공사는 어때?"

"잘되어 갑니다. 방해도 없고요."

"그나저나 거의 사기인 거 알지?"

"말씀드렸잖습니까, 변호사와 사기꾼은 한 끝 차이라고?"

노형진은 장난에 가까운 계획으로 그들은 분열할 수밖에 없었다.

그들의 정체는 까발려졌고 열쇠를 가지고 있단 걸 알게 된 사람들은 서로 금이 갔다. 그 후에 그들의 반대는 흐지부지되었다. 아니, 이제는 적극적으로 찬성하는 쪽으로 변하기 시작했다.

"기가 막히는구만."

"세상은 그런 거죠. 원래 인간은 간사한 법입니다."

젊은이들이 다니는 학교가 생긴다는 것만으로 주변에 가게가 생겼고, 가게가 생기자 비어 있던 집들이 차면서 주민이 늘어났으며, 자연스럽게 땅값이 오르는 현상이 생기자 얼마 전까지만 해도 거품을 물고 반대하던 마을에는 '기숙사형 학교의 설립을 환영합니다.'라는 플래카드가 휘날리기 시작했다.

"결국은 돈이 문제입니다."

"돈이라……. 후우, 그나저나 이 문제는 그렇다고 치고 아이들을 뽑는 건 어떤가?"

"너무 많아서 문제입니다."

"그 정도야?"

"한 해에 3만이라잖습니까? 솔직히 우리가 건립한 곳으로는 1만도 수용하지 못합니다. 더 늘려야겠네요."

"끄응, 나라가 미쳐 가나."

"그러게 말입니다."

송정한이 머리를 절레절레 흔드는 건 가출 청소년이 많아서가 아니었다. 노형진과 대룡은 가출 청소년은 받을지언정 불량 청소년은 받을 생각이 없었다.

물론 장기적으로 봐서는 그들이 범죄를 저지르기 전에 기숙학교 같은 데에서 심리 치료 등을 동반해서 함으로써 범죄를 낮출 수도 있겠지만, 현재로써는 이미 불량해진 아이들을 함께 받아서 멀쩡한 아이들을 곪게 만들 수는 없었다.

그렇기 때문에 가출해서 갈 곳이 없는 아이들 중 진짜 집안이 비정상적인 경우만 받아들이고 있었던 것인데, 그럼에도 불구하고 지원자가 너무 많은 것이다.

"다 돌려보내야 하나……."

"글쎄요……. 좀 무리해서 4인 1실을 해 볼까요?"

"여건이 좀 안 좋은데."

"임시로요. 다른 곳에 폐교나 망한 건물을 알아봐야지요."

"끄응……."

너무 많은 아이들이 왔기 때문에 차마 그들을 버릴 수가 없었다. 얼마나 불쌍한 아이들이 많은지 심사를 담당하는 변호사들은 매일같이 눈이 퉁퉁 불어서 퇴근하는 게 일상이었다.

맞는 건 기본이고 아버지 같은 인간에게 강간당하는 일도 흔했다. 심지어 강간당하던 언니가 동생까지 그 꼴을 당하게 할 수 없어서 데리고 도망친 경우까지 있었다.

"도대체 나라가…… 미쳐 가……."

송정한이 탄식하는 건 그런 것이었다.

이런 건 정부에서 걸러 줘야 한다. 그런데 그러지 못해서 아이들이 비정상적인 가정에서 고통받는 것이다.

"뭐, 일단은 이게 잘되면 상당히 도움은 될 겁니다."

"그렇겠지."

도망쳐서 도움이 되는 곳이 있다는 것. 그건 엄청난 이득이다.

물론 다른 쉼터도 있다. 하지만 다른 쉼터와 다르게 이곳은 새론이라는 변호사들이 그들을 법적으로 도와주기 때문에 다른 쉼터처럼 다시 끌려갈 일이 없다. 그저 보호만 하는 다른 곳과 다르게 변호사들에게 정식으로 수임하면 법정대리인을 따로 신청할 수 있기 때문이다.

그리고 소송으로 받은 양육비를 꼬박꼬박 받아서 마치지 못한 학업도 할 수 있다는 점에서 그냥 숙식만 해결하는 다른 곳과는 많이 달랐다.

“그나저나 소식 들었나?”

“무슨 소식요?”

“유민택 회장 말일세. 이번에 훈장을 받게 되었다고 하더군.”

“훈장요?”

“몰랐나?”

“뭐, 그쪽으로는 관심이 없으니까요.”

노형진이 정치 쪽으로는 관심이 전혀 없다는 걸 알고 있던 송정한은 고개를 끄덕거렸다.

“뭐, 운이 좋다고 해야 하나? 우리와 함께하면서 유 회장이 좋은 일을 많이 했잖나?”

“그렇지요.”

“그래서 경제인의 밤인지 뭔지 하는 날 대통령에게 훈장을 받게 되었다고 하더군. 아무래도 대통령도 취임한 지 얼마 안 되었으니 자신이 추구하는 것이 뭔지를 보여 줘야 하니까."

노형진의 얼굴에 약간 비웃음이 떠올랐다.

'전혀 그쪽이 아닌데.'

노형진의 기억 속의 현직 대통령은 대룡이 추구하는 형태의 발전을 좋아하는 사람은 아니었다. 도리어 반대였다.

'뭐, 정치 놀음이란 그런 거지.'

하지만 올해에 대통령이 된 입장에서 자신들의 이미지를 박아야 하니 그 대상으로 정한 사람이 유민택 회장일 것이다.

"어찌 되었건 유민택 회장이 이번에 상당히 운이 좋았어."

"하긴 그렇겠네요. 훈장을 받으면 성화와의 싸움에 조금이라도 유리해지겠지요."

"그렇지. 그런데 이번에 선택된 이유가 이번 일 때문인 모양이더군."

"이번 일?"

"아이들을 위한 숙소 말일세."

"그런가요?"

"그래."

"뭐, 좋은 일이라면 좋은 거죠."

노형진은 그 말이 나중에 얼마나 문제가 될지 알지 못한 채로 무심하게 넘어갔다. 지금 급한 것은 다른 문제가 있기 때문이다.

"그나저나 압류 쪽은 어떻게 되어 갑니까?"

"말도 마. 버티기야."

부모, 아니 부모라고 부르기에도 부끄러운 인간들. 그 녀석들이 과연 자신의 품에서 벗어난 아이들에게 양육비를 줄까?

줄 리 없다. 애초에 그럴 녀석들이라면 아이들을 학대할 이유가 없었다.

"그런가요?"

"그래, 일단 우리가 승소했으니 받으려고 하는데 워낙 버티기로 들어가니."

이기는 건 어려운 게 아니었다. 문제는 그 후에 그걸 받아내는 것이다. 원래 민사도 이기는 게 30이면 받는 게 70이라고 할 만큼 소송에서 진 인간들은 어떻게 해서든 돈을 안 받으려고 한다.

"뭐, 그럼 제가 잠깐 몸을 풀어 볼까요?"

"몸을 풀어?"

"네."

"아니, 자네, 압류도 하나?"

"말씀 안 드렸나요?"

"전혀."

"가끔 저도 스트레스 풀어야 하거든요."

"엥?"

노형진의 말에 송정한은 이해할 수 없다는 듯 고개를 갸웃할 뿐이었다.

“이거 이거, 제가 나설 일인가요?”

“어차피 소시민적 사건을 한다고 하셨잖아요.”

“그거야 그렇지만…….”

“그러면 이제 이런 사건을 자주 하게 되실 겁니다. 그러니까 이참에 좀 봐 두시면 좋지요.”

“그런가요?”

“네, 압류는 일반적인 시민들 사이에서는 빠질 수 없는 법률 집행 과정이니까요.”

성관중 변호사는 오랜만에 노형진과 함께 움직이고 있었다. 노형진과 다르게 소소한 서민들의 사건을 담당하고자 하여 주로 큰 사건을 담당하는 노형진과 일할 기회가 없었던 탓이다.

“오늘 있는 놈은 누굽니까?”

“에…… 허만수라고.”

“네? 잠깐만? 허만수요?”

“네, 아는 사람입니까?”

노형진은 눈을 찌푸렸다. 건들거리면서 자신에게 돈 내놓으라고 깐죽거리던 사람이 생각난 것이다.

“설마 그 인간이 나이 한 마흔다섯 살쯤 먹고 깐죽거리고 다니는 놈 아닙니까?”

"어? 아십니까?"

"허허허…… 이거참…… 인연이라는 게 우습네요."

"네?"

"그런 게 있습니다."

설마 그런 곳이 생기는 것을 결사반대하면서 깽판을 친 허만수에게 가출한 아이가 있을 거라고는 생각도 못 했다.

'하긴 그딴 인간에게 뭘 배우겠어.'

사람에게 돈을 뜯으려고 하는 녀석이 집에서 무슨 짓을 할지는 뻔한 일.

"아이가 가출한 이유가 뭐랍니까?"

"전형적이네요. 구타요. 저희한테 아이가 찾아왔을 때 가출한 지 3개월쯤 되었습니다. 검사 결과, 못해도 여섯 군데 이상 부러진 흔적이 발견되었고요. 나이는 중학교 2학년인데."

"여섯 군데요?"

"네, 술만 먹으면 몽둥이로 두들겨 팼답니다. 엄마는 도망가서 어디에 있는지도 모르고요."

"그렇단 말이지요."

노형진은 아무렇지도 않은 듯 고개를 끄덕거렸다. 그런 집이 너무 많아서 이제는 해결하려면 전국을 돌아야 할 판이니까.

"그나저나 절대로 못 준다고 버티고 있습니다."

"계좌는요? 압류하면 되지 않습니까?"

"소송에서 지고 바로 오후에 텅텅 비어 버렸습니다."

"집은요?"

"월세입니다."

"보증금은?"

"월세를 안 내고 있다고 하더군요."

"아주 고단수네요."

계좌를 비우는 건 기초적이다. 하지만 집의 보증금까지 까먹는 건 아주 고단수다.

보증금이 뭔가? 바로 월세를 내지 못하는 경우 거기에서 까기 위해서 잡아 두는 돈이다. 그런데 이 경우 보증금에 대해서 압류할 수 있다. 그 계약이 끝나는 시점에만 말이다. 그러니까 아예 보증금을 까먹는 쪽으로 방향을 바꾼 것이다.

"털 게 하나도 없습니다."

"그렇겠지요."

그런 쓰레기들이 하는 짓은 뻔하다.

더군다나 그는 이런 짓에 대해 잘 알 가능성이 높다. 그런 식으로 선동하면서 산다는 것은 그래도 다른 사람들보다는 법에 대해서 조금 더 잘 알고 있다는 뜻이기 때문이다.

"그런 놈인데 과연 토해 낼까요?"

"안 할 수는 없을 겁니다."

"그런가요?"

"네."

노형진은 압류가 벌어지는 집으로 들어가면서 미소를 지

었다.

"너 이 새끼!"

배 째라고 소리를 고래고래 지르고 있던 허만수는 노형진을 보고 소리를 버럭 질렀다.

"우리는 악연인가 봐요? 그죠?"

"뭐?"

"악연이라고요. 안 그렇습니까?"

"죽여 버린다!"

"어이구, 경찰이 있는데 그러시면 쓰나요."

노형진에게 달려들려고 하던 그는 결국 경찰의 눈치를 보면서 뒤로 물러났다.

"그럼 경매를 시작하겠습니다."

집행관은 시큰둥하게 말했다. 그럴 수밖에 없는 게 참가한 사람이 전혀 없었기 때문이다. 사실 이렇게 후줄근한 집 안 물건을 누가 사려고 하겠는가?

"200만 원, 없습니까?"

일단은 200만 원을 부르는 집행관이다. 그런데 그다음 순간 들리는 말이 그를 깜짝 놀라게 만들었다.

"200만 원."

"엥?"

"노 변호사님?"

고개를 갸웃하는 사람들. 그럴 수밖에 없는 게 당연히 참가한 사람이 없을 거라 생각했다. 그런데 변호사인 노형진이 그걸 사겠다고 나선 것이다.

"어, 노 변호사님? 뭔가 잘못 생각하신 것 같은데요."

"전혀 아닙니다."

"아니, 왜요?"

"두고 보면 알아요. 자, 집행관님, 뭐하십니까?"

"어…… 추가적인 구매 의사 있는 분 계신가요?"

의례적으로 물어보기는 했지만 상식적으로 이곳에 있는 사람은 변호사와 허만수 그리고 직원들뿐이니 살 사람이 있을 리 없다.

"낙찰되었습니다."

노형진에게 낙찰되자 기가 막힌 성관중 변호사.

"아니, 이 쓰레기 같은 걸 사서 뭐하시려고요?"

텔레비전은 족히 10년은 되어 보이고 다른 가전제품들 역시 다 비슷한 연식이다. 당연히 이런 걸 가지고 가 봐야 팔리지도 않고 잘해 봐야 고철값이나 받을 수 있을 것이다. 그러니 온갖 집 안 살림을 다 합쳐도 200만 원밖에 안 나오는 것이다.

"쓰레기를 샀으니 쓰레기 취급을 해야지요. 자, 그럼 일단 제가 낙찰받은 거니 저한테 자격이 있는 거죠?"

"그렇지요."

노형진은 즉석에서 현금으로 계산하더니 어디론가 전화했다. 그러자 잠시 후 건장한 남자들 몇 명이 트럭을 타고 현장에 도착했고 그걸 모조리 끌고 나가기 시작했다.

"설마 저런 고물을 그 기숙사 학교에 가져다 두려고 하는 건 아니죠."

그 모습에 성관중이 기가 막혀서 물어봤다.

노형진은 피식 웃었다.

"그럴 리가요. 아까도 말했다시피 쓰레기는 쓰레기 취급을 해야지요."

"그게 무슨 말씀이신지 이해를 못 하겠습니다. 도대체 어떻게 하시겠다는 건지 모르겠습니다."

노형진은 그저 미소를 지으면서 방금 전 사람들이 타고 온 트럭으로 가더니 뭔가를 꺼내 들었다.

"오함마?"

건물 파괴용 대형 망치, 속칭 오함마.

노형진이 그걸 꺼내자 다른 사람들 역시 오함마부터 쇠 파이프, 금속 배트까지 여러 가지 둔기들을 꺼내 들었다.

"잠깐 뭐하시려는 겁니까? 설마 그걸 부수……."

와장창!

성관중이 말이 끝나기도 전에 엄청난 소리를 내며 부서지는 텔레비전.

"으아악!"

너무 놀란 허만수는 비명을 질렀다.

"후우."

텔레비전을 때려 부순 노형진은 몸을 일으키면서 씩 웃었다.

"여러분, 스트레스 풀 시간입니다. 다 부수세요."

"네!"

"그렇지요!"

남자들은 주저하지 않고 각자 무기를 들고 세간살이를 부수고 던지면서 난리를 치기 시작했다.

와장창! 콰직! 우당탕!

엄청난 소리가 동네에서 나기 시작하자 사람들이 몰려나오기 시작했고 노형진은 그 사람들에게 소리를 질렀다.

"스트레스 쌓인 거 있는 분들, 이거 다 부숴도 됩니다! 나와서 부수세요! 어서요!"

하지만 사람들은 이해하지 못한 채로 그저 멍하니 구경만 할 뿐이었다.

"하기 싫음 말든가. 성 변호사님도 하나 부수죠? 저 밥솥 멀쩡하네."

"네? 하지만 이건 방금 압류된……."

와장창!

그러는 사이 다시 세간으로 가서는 항아리를 박살을 내는 노형진. 그 안에 들어 있던 간장이 터져 나오면서 사방에 짠내를 퍼트리기 시작했다.

"후우, 좋네. 좋아."

노형진의 기괴한 행동에 혼이 나간 듯한 얼굴이 되는 사람들.

"저기, 노 변호사님."

"네? 왜요?"

"왜 이러시는 건지?"

"왜라니요. 이건 제가 샀으니까 제 마음대로 할 수가 있지요. 말씀하셨잖아요, 쓰레기 같은 물건이라고. 그러니까 쓰레기 취급하는 겁니다."

"그래도……."

와장창!

노형진은 멈출지 몰라도 다른 젊은 사람들은 멈추지 않았다. 순식간에 박살 나는 집기들을 보면서 입을 쩍 벌리는 사람들.

"더 부술 사람 없어요? 공구는 더 있습니다."

하지만 누구도 나서지 않았다.

"자자, 부담 없이 부수시라니까요."

노형진은 손수 사람들에게 공구를 쥐여 줬지만 움직이는 사람은 없었다. 그렇다고 말리자니 그럴 수도 없는 게 노형진이 낙찰받은 이상 당연히 노형진의 물건이다. 자신의 물건을 부수는 것에 대해서 막을 수는 없는 일.

"대충 다 부순 것 같은데요?"

거의 한 시간 만에 집 안은 말 그대로 걸레짝이 된 쓰레기로 가득해졌다.

"자, 그럼 이대로 가지고 가서 고철상에 팝시다. 한 30만 원쯤 나오려나?"

"20만 원이나 나올까요?"

"괜찮으니까 그냥 가지고 가요."

노형진의 말에 쓰레기를 타고 온 트럭에 가득 채우고 떠나는 사람들. 이 상황을 이해하지 못한 다른 사람들은 멍하니 그를 바라볼 뿐이었다.

"아. 기분 좋네. 간만에 스트레스 풀었어요."

"스트레스요?"

"네."

"아니, 이게 무슨……."

하지만 노형진은 성관중 변호사에게 대답하는 대신에 허만수에게 다가가서 미소를 지었다.

"자, 이제 당신의 미래를 본 기분이 어떠신가?"

"무…… 뭐라고?"

너무나 어이가 없어서 제대로 반박도 하지 못하는 허만수.

"그거 알아? 세간에 대한 압류는 3개월마다 가능하지. 난 말이야, 3개월마다 와서 네가 가진 모든 세간살이를 살 거다. 그리고 다 박살 낼 거야. 3개월마다 말이지. 물론 네놈 월급도 압류할 거고. 과연 네가 저걸 사려면 얼마나 들까? 100? 200?"

압류란 기본적으로 터무니없는 가격이 매겨진다. 그래서 중고 거래하는 사람들은 물건이 괜찮으면 싹 쓸어 간다.

여기서 팔린 건 200만 원일지언정 그런 곳에 들어가서 수리되고 정리된 걸 산다고 하면 600만 원은 줘야 한다. 그나마 같은 등급의 오래된 물건은 없을 테니 사야 하는 가격은 점점 높아질 것이다.

"넌 세 달에 한번 집안이 박살 나고 난 스트레스 풀고. 좋네."

허만수는 입을 쩍 벌렸다.

"돈 주기 싫어? 주기 싫음 주지 마. 나 돈 많아. 과연 내가 가진 돈과 네가 빼돌린 돈 중에서 어떤 게 먼저 바닥을 드러낼지 한번 두고 보자. 후후후."

노형진이 미소를 지으면서 말하자 허만수의 얼굴이 창백해지기 시작했다.

⚖

얼마 후 노형진을 찾아온 성관중은 고개를 절레절레 흔들었다.

"어때요?"

"어이가 없을 정도로 꼬박꼬박 주는데요?"

"그렇지요?"

"도대체 어떤 일이 벌어진 겁니까?"

"정신적 쇼크를 받은 거죠."

"쇼크?"

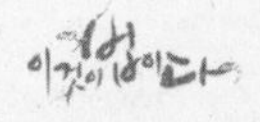

"네."

인간이 물건을 오래 쓰게 되면 애착이라는 것이 생기기 마련이다. 그런 물건이 바로 눈앞에서 박살이 나는데 충격받지 않으면 그게 이상한 거다.

"그냥 가져다 팔아도 되지 않습니까? 아무리 그래도 200만 원은 넘을 건데요?"

"그러면 일이 귀찮죠."

물론 압류해서 그걸 팔아서 계속 양육비와 상계 처리하는 방법도 있기는 하다. 하지만 그러면 그들이 너무 손해다. 압류하기 위해서는 전국을 다 다녀야 하기 때문이다.

"그리고 단순히 압류만 해서 파는 것만으로는 정신적 쇼크를 못 줍니다."

"그게 무슨 관계가 있다고……."

"정신적 쇼크의 대상은 허만수만이 아니었습니다."

"네?"

이해할 수가 없는 말이었다. 압류 대상은 허만수였다. 그런데 허만수만이 아니라니?

"그날 동네 사람들이 나와서 구경한 거 보셨죠?"

"네."

"그럼 그 얘기가 과연 집주인의 귀에 안 들어갈까요?"

"당연히 들어가겠죠. 보아하니까 거기에 집주인도 있었던…… 아!"

"네, 그런 거죠."

그런 일이 주기적으로 벌어진다면 어떤 집주인이 그에게 집을 주려고 할까? 더군다나 월세도 안 내면서 보증금에서 까려고 하는데.

당장 나가라고 하고 방을 빼 버릴 것이다. 그렇게 되면 계약 해지가 발생해서 그들은 월세 보증금을 가지고 올 수 있게 된다.

"더군다나 그 녀석은 그 근처에서 살 수도 없게 될 겁니다."

"그렇군요."

그렇게 되면 비싼 동네로는 가지 못하니 점점 싼 동네로 밀려날 테고 돈 몇 푼 아끼려다가 점점 시궁창으로 떨어지게 될 것이다.

"간단한 거죠. 매달 100만 원씩 손해 볼 것이냐, 아니면 매달 300만 원씩 손해 볼 것이냐."

양육비 100만 원만 주면 이 모든 게 조용해지지만, 안 주면 그때마다 집 안은 박살 나고 그는 집에서 쫓겨나고 새로운 세간살이를 사기 위해서 큰돈을 써야 한다. 그렇다면 그가 선택할 수 있는 카드는 거의 없다.

"끝내주네요."

"후후후."

"그래서 세간을 일단 끌어낸 겁니까?"

"뭐, 그것도 있고요. 일단 아무리 제가 샀다고 해도 집 안

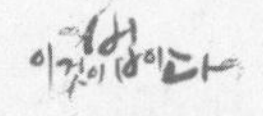

은 사유지니까 거기서 하면 문제가 될 수도 있거든요."

하지만 집 앞의 도로는 공공으로 쓰는 공간이지, 자신이 거기서 뭘 하든 그 후에 치우기만 하면 전혀 문제 될 것이 없다.

"좀 강한 거 아닌가요?"

"어차피 인간 같지도 않은 놈들입니다."

자기 자식을 학대하는 인간들이 과연 제대로 된 인간일까?

그럴 리 없다.

"결국 자업자득인 거죠. 후후후."

"그런가요? 하아……."

성관중은 고개를 흔들면서도 노형진의 방식이 지극히 효율적이라는 사실을 인정할 수밖에 없었다. 절묘하게 사회적으로 매장시킴으로써 그가 그 자리에서 발을 붙이지 못하게 하는 방법이었던 것이다.

"그나저나 노 변호사님."

"네?"

"다른 압류 건이 있는데 지난번에 그 사람들 소개 좀 시켜 주시지요."

노형진은 미소로 답했다.

"기꺼이 그렇지요. 후후후."

다음 권으로 이어집니다